I062318ε

Caferatta
Hernán Echeverría

Hernán Echeverría

Caferatta

Editorial Autores de Argentina

Echeverría, Hernán
    Caferatta. - 1a ed. - Don Torcuato : Autores de Argentina, 2011.
    136 p. ; 20x14 cm.

    ISBN 978-987-1791-10-1

    1. Narrativa Argentina . 2. Novela. I. Título.
    CDD A863

Director editorial: Germán Echeverría
Diseño y diagramación: Justo Echeverría
Corrección editorial: Hilda Lucci

© 2011 Hernán Echeverría
Contacto autor: hernan@autoresdeargentina.com

ISBN: 978-987-1791-10-1

Editorial Autores de Argentina
www.autoresdeargentina.com
E-mail: info@autoresdeargentina.com

Queda hecho el depósito que establece la LEY
11.723.
Impreso en Argentina – *Printed in Argentina*

A mis Padres Buenos,
Jorge S. Echeverría y Margarita Inés Madoz
por ser Buenos Padres.

Capítulo I

Día 7

Extraño regreso

Germán García manejaba velozmente su Cherokee por la Panamericana con rumbo a Gualeguay, como si estuviera escapando.

Nerviosamente, cambió el dial hasta que escuchó a Nito Mestre y se relajó un poco. Se animó a acompañar tímidamente la melodía de "Yo soy un fabricante de mentiras" con un tamborileo de dedos contra el volante y, por momentos, hasta formó un dúo con el cantante.

El sol de frente le molestaba lo suficiente como para bajar el parasol de su lado y allí se descubrió, en el espejo de cortesía, que le devolvió su propio rostro lleno de arrugas.

Se puso a contarlas imaginariamente, para distraerse y comprobar si coincidían con sus años, pero no llegó a las cuarenta y cinco. Volviendo ligeramente la vista a la ruta, se miraba una y otra vez.

–¿Qué mirás, fabricante de mentiras? –se preguntó amargamente.

De pronto, lo interrumpió el llamado del celular; dudando, abrió la tapa con desgano, revisó el display y decidió no contestar. Abandonó el aparato en el asiento del acompañante y ahora parecía descansar, silencioso.

Sin embargo, a los pocos minutos volvió a sonar, insistente, hasta que atendió, sin bajar el volumen de la música... bucólico.

—Sí —dijo Germán.

—¿Hablo con García?

—Sí, ¿quién habla?

—Principal Zeballos, de la Comisaría de Torcuato, Tigre Segunda.

—¿No está hablando desde mi casa? —por lo menos eso le había indicado su celular.

—Sí señor, estoy en su casa. ¿Usted está cerca?

—Perdóneme —dijo Germán haciendo caso omiso a la pregunta del Oficial— ¿me puede dar con mi mujer un minuto?

—Justamente por eso lo llamo, García.

—¿Es una joda? —lo interrumpió Germán de mala manera, mientras bajaba el volumen de la radio.

—No señor, no; no es ninguna joda, dígame dónde está y...

—¿Qué está pasando? ¿Me da con María, la muchacha? ¿O tampoco está ahí? —lo interrumpió.

—¿En cuánto tiempo puede estar acá, García? Como se imaginará, no es un tema para hablar por teléfono.

—Si me dice de qué se trata, puedo estar en media hora; tendría que volver, porque estaba de viaje.

–Sí –respondió Zeballos– ya sé que está de viaje; pero le explico: su esposa tuvo un accidente y necesito que se venga urgente.

–¿Qué? ¿Qué le pasó a mi esposa? –descolocado, sólo atinó a aplicar los frenos de la camioneta para detenerse torpemente sobre la banquina, en medio de una polvareda–   ¿Cómo está?

–Le pido que vuelva cuanto antes. ¿Media hora, me dijo?– preguntó Zeballos negándose a dar más explicaciones.

–Sí, media hora; estoy por... ¡estoy volviendo! ¿Me puede explicar qué pasó y dónde está ella?

–No señor, todavía no le puedo explicar, pero lo espero en la Comisaría; 202 y Boulogne Sour Mer, en Torcuato.

–¿Me puede dar con María, entonces? –insistió Germán.

–No senor, no puede hablar con ella; lo espero en media hora, no se demore. Cuanto antes venga, mejor; pero venga a la Comisaría directamente.

Capítulo II

Cristo y San Martín

La oficina de Zeballos era tan pobre como descuidada, apenas dotada de un escritorio y dos sillas ordinarias.

Un San Martín daba la sensación de que mirara por detrás y parecía también desganado, aunque el Cristo de madera imponía algo más de respeto. Entre sus pies, sostenía una ramita de olivo que alguien piadoso habría colocado hacía mucho tiempo y nadie se había ocupado de reemplazar.

Germán, desolado, tomaba agua de un vaso de vidrio grueso, pero sus manos temblaban pues estaba tratando de asimilar la noticia de la muerte de su mujer y su amigo.

Zeballos, el oficial que tenía delante, morocho, de unos cuarenta años y presencia desprolija, estaba aún vestido con su uniforme azul, que no lucía ni impresionaba.

Los únicos que brillaban en el ambiente eran los dos soles grotescos sobre los hombros de Zeballos, que parecían anunciar su jerarquía, aunque él no la transformara en términos autoritarios.

Estaba tipeando con dos dedos en su máquina de escribir,

rodeado de papeles que completaban la burocrática sensación de oficina pública y la pobre emoción del desamparo que sentía Germán.

—Oficial, el cuerpo de mi mujer, ¿me lo entregan ahora? Porque llevamos horas acá y no sé cómo hay que seguir con todo esto —quiso saber.

—No, no señor. Recién estamos escribiendo el sumario; por ahora, la causa es por "doble accidente fatal". Pero ya sabe, el Juez tiene que esperar la autopsia; después vemos si cambia de carátula o no —contestó Zeballos apenas levantando la vista.

—¿Autopsia? ¿Qué significa? ¿Duda que se murieron, o de que se electrocutaron en la pileta? —preguntó con muy mal modo.

—El tema —contestó Zeballos mientras encendía un cigarrillo, sin convidar— es saber si fue un accidente o no, ¿me entiende? En la oficina del comisario están los de la embajada y quieren saber lo mismo, así que esto recién empieza; encima, con un americano muerto —y siguió escribiendo— se me complica bastante.

—¿Y la embajada qué tiene que ver en esto?

—Es normal que pregunten cuando muere algún americano; si es importante, lo hace la embajada y si no, vienen del consulado; pero por una u otra causa, siempre husmean para ver qué aparece.

—¿Cuándo será eso, oficial? Porque no doy mas —se tiraba el pelo para atrás con una mano, mientras se apretaba los ojos con la otra— estoy destruido y quisiera volver a mi casa, ducharme y tratar de entender todo esto que parece una pesadilla –Germán mostraba un evidente fastidio.

–Hay que consultar al Fiscal cuando termine su declaración; la estoy pasando a máquina, me pone su firma y después vemos qué se decide con usted, el cuerpo de su mujer y las demás cosas.

–¿Qué tiene que ver conmigo?

–¡Su situación! ¿Se imagina? Usted se va de su casa con rumbo desconocido, y al instante mueren en la pileta su esposa y su amigo; por lo menos, es sospechoso.

–No es mi amigo, pero da lo mismo.

–Me refería al amigo de su esposa, ¿no? –replicó Zeballos.

–Sí, ya entendí, era amigo de mi esposa, si a eso se refiere.

–¡Bueno! Al menos reconoce que tenía un amigo, y en estos casos ya es algo que ayuda. Nos podrá hablar de él, seguramente.

–Sí, no mucho, pero algo; lo vi en estos días y, antes, en Punta Cana; pero preferiría reponerme un poco antes de hablar de ellos.

–Ya vamos a hablar, entonces; no se preocupe que habrá tiempo –dijo Zeballos, como gran conocedor.

–Para hablar de ellos, ¿no está Sally acá? –y trató de ver la guardia por la ventana, simulando no haber escuchado a Zeballos– anoche se quedó a dormir en el Sheraton; pero, en realidad, ella es la compañera de Michael; los dos son norteamericanos, ¿le avisaron ya?

–Buena pregunta, hablamos al Sheraton y ya la habían ido a buscar de la embajada, que nos ganaron de mano. ¿No estaba viviendo en su casa también?

—Sí, le dije que era la compañera de Michael, pero anoche no vino; tenía habitación paga, por el seminario creo, y decidió usarla justamente anoche. ¿María tampoco esta acá? ¿Está en mi casa? —Germán no sabía por quién más pedir.

—Está aquí, pero en otra oficina, incomunicada hasta que declare.

—¿Qué quiere decir eso? ¿No puedo verla para saber qué pasó con mi mujer o cómo sucedió el accidente?

—Por ahora no, García; tenemos con ella otro problemita y lo voy a tener que solucionar antes de que hable con nadie, y parece que no tiene ganas de hablar.

—¡Pobre María! Es como una hija para mí, también debe estar muy mal, ¿no?

—No sé si está mal, o se hace. ¡Pero conmigo no va a joder mucho! Salvo orden del Juez, la voy a dejar pegada hasta que hable, recupere la memoria, o pasen las dos cosas simultáneamente.

Un viejo teléfono negro tronó interrumpiéndolos. Zeballos levantó el tubo con displicencia, mientras se tiraba para atrás sobre la silla, hamacándose como si tomara impulso para hablar.

—Principal Zeballos, Torcuato, Tigre Segunda. ¡Ah! Perdone, Jefe, creí que era un llamado de la calle, ¿qué? —dijo mientras escuchaba un minuto a su interlocutor con cara de asombro— ¿lo despacho? ¡Jefe! ¡No entiendo nada! ¡Voy!

—¡Ya vuelvo! —explicó visiblemente molesto, tirando varios papeles sobre su escritorio y llevando la declaración de

Germán en la mano –¡gringos de mierda!– su voz se alcanzaba a escuchar desde el pasillo, refunfuñando.

Minutos después, un Oficial jovencito se presentó ante Germán y lo miró con curiosidad.

–¿Señor García? – preguntó ingenuamente el Oficial Palacios– el Oficial Zeballos lo va a citar otro día. Por ahora, no lo necesita; puede retirarse y llamar a la cochería, si quiere. Le voy a entregar el cuerpo de su esposa.

Capítulo III

Día 8

Al pan, pan y al vino, vino

En la casa de Germán García, Zeballos tipeaba una Lettera 22 portátil, sobre una de las mesas del amplio comedor de planta baja, poblado de sillas de algarrobo y cuero.

Germán permanecía de pie –trajeado y con la corbata baja– la vista perdida en una de las tres puertas balcón vidriadas, que proyectaban el amplio parque con pileta y entorno arbolado.

Zeballos retiró la hoja de la máquina, y se la extendió a Germán.

–Ya está, García. Acá lo notifico sobre la causa; con esto, espero que lo vaya superando.

–Usted sabe que estas cosas no se superan así nomás; acabo de enterrar a mi mujer, pero aquí estoy –contestó apesadumbrado, mientras se dejaba caer sobre una silla– ¿Dónde le firmo?

–Al pie; ahí le comunico que la causa quedó como accidente fatal y, como ya sabe, no se va a hacer la autopsia; puede disponer también de su casa –levantó la vista, para mirar a

Germán con recelo– igual, le aclaro que es por orden del Juez. Si le sirve, de paso me firma la declaración de ayer.

–Si esto terminó –dijo al firmar sin leer, y prestando poca atención a Zeballos– me voy de viaje a algún lugar, para pensar. ¡No sea cosa que me acuse de fuga, o como lo llame! Porque a esta altura no sé qué más creer.

–Tranquilo, García –acotó acomodando las hojas primero y guardando la Lettera en su estuche– ya tiene lo suyo, como para sumarle mis preocupaciones. Yo, igual sigo investigando sin su presencia. Cuestiones técnicas más que humanas, ¿me entiende? Por mí, despreocúpese hasta que algún día le avise; y seguro que ese día llega. ¡Siempre llega!

–¿Me amenaza, Oficial? –dijo mirándolo fijamente, con rencor– ¿no le alcanzan dos muertos y quiere otro más? ¿O, mientras tanto, se divierte conmigo?

–¡Para nada! Quise decirle que conmigo tuvo mucha suerte, o muy mala suerte, según se vea. Si usted se borra para olvidar, le anticipo que soy policía de alma y jamás olvido una causa, por más difícil que sea o por más que la archiven los jueces. Siempre vuelvo y algún día encuentro, ¿me entiende?

–No, no lo entiendo, ni sé qué me quiere decir. Pero dudo que sea importante para mí...

–Le explico –interrumpió con voz más pausada, simulando un estilo gentil– digamos que, para mí, todos los crímenes se deben investigar y esclarecer. Hay señores delincuentes, y delincuentes a secas, pero de todos me ocupo por igual –se levantó con la Lettera y el sumario bajo el brazo, y agregó– ¡acá hay tongo García! Ni el Juez, ni Bush, me van a caminar, por mucho que me aprieten. Con veinte años de policía, sé cuándo hay perros en un accidente; y en el suyo... perdón, en el de su esposa, los hay y de todas las razas.

–¡Mire! –contestó llevando sus manos a la cara para refregarla– no tengo idea de perros, ni de Bush, y menos me imaginé que iba a pasar por esto; pero igual, Oficial, ¡haga lo que le parezca, sin amenazarme! ¿OK?

–Está bien –fue caminando hacia la ventana para mirar el jardín, dándole la espalda– está bien, no soy ingenuo y no tiene sentido que le complique más la vida. Pero acuérdese: en el truco se juegan varios chicos y recién me ganó el primero. ¡No se ofenda, pero soy rencoroso!

–No me ofendo, Zeballos, pero lo creí más inteligente. Sus años de policía no le enseñaron mucho, si cree que maté a mi mujer y al tipo para irme de mi casa, regalándole plata a María, que después me hizo sospechoso. ¡Me subestima si piensa eso! ¡Se imaginará que podría haber preparado una coartada, o algo más elaborado, sin irme de la casa!

–Está interesante esa historia, García –miró con mucha atención a Germán y volvió a sentarse, denotando un real interés– cuénteme algo más de esa María, que por ahora sigue guardada. ¡Al menos, hasta que hable!

–Si me dejara verla, seguramente diría todo lo que pasó. Pero a ustedes los divierte presionar y presionar, hasta que uno se siente una basura. ¿Por qué no intenta hablar con ella como la gente, en lugar de presionarla?

–Intentar, lo intenté, y por todos los medios; hasta le pusimos un traductor guaraní, porque se niega a contestar el nombre en castellano.

—¿Traductor guaraní? La verdad es que no la quiero perjudicar porque es buena muchacha, y si no habla no la culpo, la quiero como una hija; pero es un poco elemental, y supongo que estará asustada con todo esto del accidente.

—Mire usted —le dijo Zeballos bajando la voz para hablarle, como si fuera un secreto— la paragüa, lo único que dice es "el patrón ya se había ido". Y se niega a declarar como testigo que, como sabrá, es una carga pública.

—¡Qué sabe la pobre lo que es una carga pública!

—¿La verdad? No sé si sabe o no sabe, pero pienso que usted es un pai y que acá forman una secta rara con la paraguaya y los yanquis.

—¡Qué ridículo, Oficial! —replicó Germán con gesto de lástima y sonrisa socarrona, mientras se ponía de pie— encima, ¡María no es paraguaya! Es entrerriana. Si investiga así a la gente, me preocupa más todavía. No formamos ninguna secta, como ya sabrá; y respecto a mi muchacha, le regalé el dinero como despedida. Lo del accidente fue una fatal coincidencia que quién sabe si la pobre podrá entender algún día, porque la gente humilde cree cualquier cosa: en los gualichos, en los trabajos y todas esas pavadas.

—Bueno —Zeballos también se paró— al menos, usted charla más de parado que la americana sentada. Ni siquiera la pudimos interrogar oficialmente —con voz resignada— porque los de la embajada la trajeron unos minutos y el juez la autorizó a levantar vuelo a Estados Unidos.

—Al menos no tendrá que pasar por todo esto, que ya me

resulta insoportable.

—Está bien, García —mientras le extendía la mano de despedida, y simulaba un mejor trato— no lo molesto más. Igual le comento que esto es una charla de café, porque no tiene valor legal. ¡Y de confesar ni hablemos, dijo Filomeno!

Germán le dio la mano con pocas ganas, acompañándolo hacia el jardín —quiero recordarle que su mundo no es el mío y la educación es lo único que nos puede acercar un poco. Le pediría que esa fraseología vulgar no la utilice en mi caso, porque me molesta, ¡y no creo que tenga derecho!

—Nuevamente correcto, don García —lo interrumpió mordazmente mientras pasaban la galería— no tengo ese derecho. Pero, abusando de su presencia, ¿le puedo hacer la última? ¿Me puede explicar qué hacen los yanquis atrás o delante de usted, y qué los tiene tan preocupados? ¿Un accidente doméstico le parece tan jodido?

—No están delante ni detrás de mí Oficial, eso se lo aseguro, al menos por el momento. Yo le voy a avisar cuando vengan por mí, ¡y seguro por temas más jodidos, como usted dice!

Entusiasmado, Zeballos detuvo su paso y giró para mirarlo de frente, mientras relojeaba las dos plantas en ladrillo crudo y el techo de tejas coloniales.

—¡A la pelota, que se está poniendo bueno este tema, García! Si quiere confiar en alguien, ¿por qué no confía en mí, que soy un negro macanudo y laburé siempre con la Constitución en una mano y el Código en la otra? ¡No me va a creer, pero soy más legalista que Vélez Sarsfield! Mire, tengo mi casita en Calzada, mi Dodge 1500 modelo 78 en la puerta,

¡es el celestito! y patrona con tres cachorros en casa; ese es mi capital. ¡Nunca curré, García! ¡Nunca toqué un grata! Perdón, ¡un delincuente! Así como me ve, mandé presos a estafadores, narcos y garcas de todo pelaje, pero nunca me quedé con un sope, ¡y mire que las ofertas vienen de diez lucas para arriba! ¿Eh? Por eso no estoy en la Brigada, ¿me entiende? ¡No soy "productivo"! —con una mano sobre la otra hizo la típica seña de efectivo— ¡laburo todo por derecha! Desde el ladrón de gallinas hasta el tráfico, ¡y lo suyo suena pesado para que me lo mejicaneen!

—¿Otra vez, Oficial? —aburrido, y reiniciando el camino hacia el portón de calle— ¿qué quiere decir con eso de mejicanear?

Zeballos comenzó a caminar más lentamente, se le cayó el sumario al piso, y lo recogió antes de contestar.

—Si no laburamos rápido, lo van a visitar de algún estudio jurídico donde está prendido el Juez al diego, perdón, al diez por ciento; o la Brigada, con la excusa de nuevas actuaciones; o los servicios de inteligencia, para torniquetearlo; o periodistas disfrazados, para extorsionarlo. ¡Por la plata baila el mono, García! ¡Y acá la plata sale, o saldrá, de algún lado! Eso es seguro.

—Y usted también trabaja por plata, ¿no? ¿O es por vocación policial, que se interesa tanto?

—¡Ahí está, García! —dejó la Lettera en el piso y lo miró con aire campechano, pero ofendido— ¡es al pedo hablar con usted! ¡Que el 1500, que mi casita, que los cachorros! ¡Todo al pedo! ¡Si supiera la guita que pasó por mis manos, no lo podría creer! Si yo le dijera que una casa como esta me la hacía con un par de pases de manos, ¿me creería? ¿Sabe qué pasa? ¡Ustedes son los únicos con derecho a hacer guita, y los canas somos todos negros con gorra! Pero tengo que defraudarlo, estimado. ¡Si yo quiero, también tengo guita! No tan pipí cucú como usted, ¡pero la tendría! Lo suyo debe ser el contrabando, que no es menos curro que el de la cana. Yo también tengo que decirle que su mundo no es el mío, García, y sólo la honestidad puede acercarnos un poco. ¡Negro como me ve, yo soy honesto!

—Discúlpeme, no quise ofenderlo; pero lo de la honestidad tendríamos que discutirlo y no creo que venga al caso personalizar nada entre nosotros. Usted trabaja de policía y, desafortunadamente, me ha conocido en desgracia. Pero de ahí a darme consejos de vida, me parece otro de sus excesos.

—¿Qué consejos de vida, García? ¡Yo estoy trabajando! Pero no se preocupe, que es lo primero para lo que nos preparan en la Escuela de Policía: "los muertos son los únicos que se dejan investigar"; y eso, autopsia mediante. Porque los vivos, ¡ni en pedo! Y usted está entre los vivos, lo empiezo a tener claro.

—¡Investigue lo que quiera, Oficial! No puse ningún reparo y estoy colaborando con usted.

—¿Cómo? ¿No se me quiere ir de viaje? ¡Y no está bien! ¡Eso no está bien! Si le interesa en serio saber quién mató a su mujer, llámeme y hablamos. Lo del accidente no existe, ¡no cierra ni por decreto!

—Está bien Zeballos —Germán estaba deseando que se fuera– lo charlamos cuando vuelva y, mientras tanto, usted puede investigar solo.

–Si se toma unos días puede ser tarde, pero usted decide. Yo, igual avanzo hasta donde pueda, ¡para su bien o para su mal!

–¡Otra vez me amenaza! ¡Parece que no entiende! Si quiere, algún día le cuento mis pecados, que son más graves; pero este accidente no lo provoqué yo, que ya no tenía interés en mi mujer y menos en ese tipo.

–¿Ve? ¿Ve? –dijo Zeballos acercándose más a Germán, con cara de astuto, y tomándolo del brazo –no se queje, porque usted funciona a amenazas, García. Cada vez aparecen cosas más claras, y lo que me dijo de su esposa lo hace más creíble, porque entonces le puedo preguntar en confianza: si usted no quería que se murieran, ¿quién quería? Y aparte, ¿qué preocupa tanto al Departamento de Estado, como para hacer que el juez cierre el sumario por "Accidente Fatal", cuando hasta el vigilante de la puerta sabe que corresponde instruir una "Muerte por Causas Dudosas" y va derechito a la doble autopsia?

–De las causas dudosas no estaba ni enterado; y los de la embajada recién hoy aparecieron por casa para retirar las cosas de Sally y Michael.

–¡Pare! –se le transformó el rostro y abrió el sumario buscando alguna constancia– ¡Pare un minuto, que en el sumario eso no está! Tampoco recibí orden del juez para que retiren nada de ellos. ¡Espere que reviso las diligencias de consulta!

–Disculpe –Germán ya estaba abriendo el portón con el

llavero remoto, induciendo a salir a Zeballos, que lo incomo-
daba buscando en el sumario hoja por hoja– pero preferiría
que revise eso en otro momento. Yo necesito salir de este ambiente. Si quiere charlar en algún lugar distinto, quizás pueda
hablar más con usted sin uniforme o, al menos, sin la mirada
de los vecinos.

–Está bien, García, charlemos en otro lado, pero no me
venga con cosas raras. ¡Mire que María que lo cubra va a encontrar una sola! ¡Yo no soy María, ni ella es policía! ¿Está
claro? Al pan, pan y al vino, vino. ¡A mí no me va a comprar
con un café! ¿Eh? –giró para mirar desde la calle hacia la avenida 202– hablando de café, ¡ahí está Caferatta! Es en aquella
esquina, me hacen precio y en el boliche de atrás se puede
hablar tranquilo, ¿lo conoce? Me cambio y lo veo ahí en un
rato. ¿Está bien en media hora?

–Está bien, Zeballos, está bien –replicó, resignado– lo veo
en Caferatta, pero charlamos un rato nada más, ¿OK?

Capítulo IV

La familia Caferatta

Zeballos bajó pesadamente de su Dodge 1500 celeste –con parches de pintura antióxido y un estado general deprimente– vestido de sport con un dudoso gusto, y saludó al diariero de enfrente con la mano.

Nico, el dueño del bar, lo recibió afectuosamente con un abrazo de oso y un beso en la mejilla. Desde la ventana podía ver la calle lateral, donde había estacionado en cuarenta y cinco grados.

Tan chiquito como cálido –con mesas y sillas de madera, igual que las ventanas– Caferatta tenía un ligero toque irlandés.

El ambiente era intimista, con pocos parroquianos, y la música se escuchaba suave: apenas ponía fondo a los típicos murmullos de café, de vez en cuando interrumpidos por alguna risotada.

Las paredes estaban cubiertas por fotos de Nico con la primera división de rugby del Hindú, y otras de los ídolos mayores del club.

Empujó la pesada puerta de madera que daba al reservado y encendió la luz para dejar paso a Zeballos, que lo seguía obediente como si no conociera el lugar.

—¿Querés el reservado hermano? ¡Te lo habilito en dos minutos!

—Gracias negro, me sirve. ¿Sabés que pasa? Vienen a verme por un tema jodido: el de la mina que murió en la pileta, en la casa del Hindú. Lo estoy laburando de cayetano porque no me cierra. Justo la mujer con un yanqui, no me cierra. Por ahí, el dorima me tira una línea y, ¿quién te dice? ¡No desculo un doble homicidio! ¿Te imaginás si me sale? Pero no viene fácil la mano, ¡y tocaron arriba para cerrar la causa!

Nico y Zeballos terminaron de arrimar las dos sillas a la mesa, ya en el reservado sin ventanas y poco iluminado.

Se sentaron como dos viejos amigos, aunque Nico parecía más expectante.

—¡Ah! ¡Ya sé quién es! La mina era media ligerona, ¿no? La conozco de vista. ¡Pobre tipo, che! —comentó Nico.

—¿Sabes algo de él, o tenés alguna punta? ¡Porque no sé si es un pobre tipo! ¿Eh? Es de los que desconciertan por muy vivo o por muy boludo, y acá me tenés, tratando de descularlo.

—No, ché. No lo registro del club, tampoco; se ve que no hizo deportes; si no, lo conocería.

—¿Y la mina hacía deportes acaso? ¿Cómo a ella sí la junás? ¿Eh? ¡Guarda! Ahí viene el ñato —dijo cuando vio por la puerta entornada a Germán, que acababa de entrar al bar.

—¡Qué tal, Zeballos! —dijo sin llegar a ser despectivo, dirigiéndose directamente a él, pero sin mirar el ambiente del "reservado"; ni siquiera a Nico.

–Él es Nico, amigo y dueño de casa; él es Germán, otro amigo –los presentó

–Siento mucho lo de tu mujer, che –dijo con gesto de luto mientras se paraba para dejarle la silla a Germán– ¡Que esté en paz! Para vos... bueno, ¡esta es tu casa! ¿Eh? ¡Desde hoy, esta es tu casa! Un telefonazo, y te mando lo que te haga falta, ¿sabés? ¡Pizza, birra, faso! Y los sábados nos juntamos a hablar de la vida, a guitarrear o a contar mentiras, ¿sabés?

–¡Pará Negro! ¡Recién llega y ya lo asociás! ¿Quién te dijo que necesita todo eso el amigo? –lo increpó Zeballos, mirando feo a Nico y con un gesto de disgusto en los ojos.

–¡Uy! ¡Disculpá, hermano! ¡Qué boludo soy! Como estás sin tu mujer, quise decir que contaras conmigo; pero, ¡en serio! El negro sabe que acá nos conocemos todos desde chicos ¡Caferatta es una familia! Borrá del disco lo de la birra y la joda, ¿está? Lo de la familia queda, ¿eh?

–Gracias –murmuró Germán, incómodo y distante a pesar de la disculpa, mientras se acomodaba en la silla.

–Bueno, los dejo hablar. Negro, ¿florero nomás? –miraba a Zeballos, arrepentido por su falta de tacto con la promesa de pizza, birra y faso.

–Sí, ¡como te enseñé! ¿Eh?

Cuando Nico se fue y entornó la puerta, la música sonaba lejana; el silencio permitió a Germán recomponerse, y a Zeballos acomodar la silla como si fuera a jugar al truco. Al mirarse, la molestia se hacía evidente.

–No hacía falta que este tipo supiera toda mi vida, ¿no?

Suponía que un policía era discreto y nuestra charla iba a ser reservada. ¡Pero ese es un chusma de barrio!

—Y usted, a Nico ni lo conoce, ¿no? Que sea mi amigo desde hace quince años no debe ser importante para un tipo como usted.

En ese momento entró Nico con dos tremendos jarrones de cerveza y los apoyó ostentosamente, como si fueran a festejar algo, antes de retirarse.

Germán miró despectivamente los dos jarrones de un litro cada uno servidos sin su consulta, y recién allí entendió lo del florero.

—Yo, con un café estaría mejor, Oficial.

Zeballos ni lo miró, levantó el jarrón y esperó que Germán hiciera lo propio, para retrucar con el florero en alto, desbordando un poco de cerveza y con gesto circunspecto.

—Mire usted; le voy a contar lo que aprendí en la policía: primero, delante de una copa nos llamamos por el nombre; segundo, en los bares no usamos jerarquías; tercero, sólo se puede tomar bien con un amigo. Esas son mis únicas condiciones, pero no son negociables.

—No es momento para mí, Zeballos; que sea por usted y sus amigos, en todo caso —dijo levantando el jarrón sin ningún entusiasmo y mirando alrededor, desganado.

—¡Carlos! ¡Me llamo Carlos! Y siempre brindo por mis amigos —porque felizmente los tengo— cerca de una buena cerveza.

—OK, Carlos, pero la cerveza resta precisión e inteligencia. Si la intención es tratar de entender qué pasó, con el alcohol me parece que vamos a complicarnos un poco.

–¡Mire usted! ¿Sabe a quiénes les sobra precisión e inteligencia? A los yanquis, los alemanes y los japoneses –dijo mirando a través del jarrón, como si se transparentara, inspirándose– y le pregunto, ¿quiénes se toman toda la droga del mundo? ¿Quiénes armaron las dos guerras mundiales? ¿Quiénes mataron a millones de judíos? ¿Quiénes se cagaron la vida con dos bombas atómicas? ¿Quiénes cagaron a palos a los negros y después se cagaron a palos entre sí para que medio Estados Unidos aceptase que los negros eran personas? ¿Quiénes invadieron Irak por un problema de surtidores?

–¿No le parece un poco elemental considerar la superioridad de los americanos, alemanes y japoneses desde ese punto de vista? No es momento, ni lugar; pero debería informarse antes de ser tan categórico; hasta podría enterarse de que los americanos llegaron a la Luna mientras usted, seguramente, dirigía el tránsito.

–¡Que el hombre llegó a la Luna, está por verse! No sea cosa que les pase como a los gallegos con Colón, que les descubrió un nuevo mundo y la única verdad es que se fue a la mierda en bote. Los indios ya estaban por aquí y usted también debería informarse, aunque no es momento ni lugar; por ahí descubre que culturas distintas se van a reír de nosotros con ese viaje a la luna, como hoy nos tenemos que reír de la fantochada de Colón y "su nuevo mundo".

–Estoy descubriendo su sentido del humor, Carlos, porque de otra manera no le podría creer... ¿me está hablando en serio?

—Bueno, no lo culpo; si fuera policía como yo, pensaría distinto —dijo, bajando el jarrón y mirando con cara de lástima a Germán, todavía sorprendido por el curioso alegato— pero igual, si me quiere impresionar con precisión e inteligencia, va por mal camino; prefiero que hable sencillo y sin vueltas, que por ahora las lecciones de vida las damos los argentinos sin tanto bardo y, después de todo, vivimos igual, mangos más mangos menos, ¿me entiende?

—¡Obviamente! Yo también soy argentino.

—Como le molesta una cerveza y sufre de precisión, ¡parece que no lo fuera! Los argentinos no seremos precisos ni inteligentes, ¡pero somos vivos! Y yo, lo suficiente como para saber que un hombre con su bruta bodega no disfruta un cafecito.

—¡Depende del momento, Zeballos! Mi situación hoy es muy...

—No, Germán, no —lo interrumpió— usted cree que es un hombre bien, que sólo debe beber en su casa, con amigos selectos; y le pregunto, ¿dónde están, ahora que los necesita? ¡Búsquelos y tome cerveza con ellos, que yo estoy muy cómodo con Nico!

—Mire, es difícil explicarlo —dijo mientras corría su jarrón a un costado— pero sólo me protejo de lo que la cerveza me haga decir en contra. Como dijo hoy en mi casa, usted no es María, y me mandaría preso de buena gana, ¿o me equivoco?

—Es entendible, pero no aconsejable, Germán —dijo con tono más amistoso— usted está en problemas y tiene que confiar en alguien; no estoy aquí para joderlo, no me hace falta.

Sé mucho más de lo que usted cree y podría haberlo acusado antes.

—¡Creí que ya lo había hecho!

—Se equivoca; no lo acusé en mi informe al Fiscal; pero es verdad, podría haberlo hecho; en la inspección de su casa estaba la funda con plata que le dejó a la muchacha y ella escondió. ¡La jugué de opa para ver más cartas! Pero ahora sí, cuénteme en qué andan con la paragüa.

—¡María! ¡Se llama María y ya le dije que es entrerriana, no paraguaya! ¡No veo el sentido de ofenderla así! —se molestó, hasta el punto de tomar el jarrón y comenzar a beber.

—¿Quién le dijo que la ofendo? Para el paraguayo es un honor que lo distingan, igual que para el chileno, el brasilero, el uruguayo; en realidad es un honor para todos, menos para los argentinos. Nosotros somos medio infelices; y digo medio, porque es la mitad que nos queda sana; por eso hay tilingos mezclando el inglés, con discapacidad de pensar por sí mismos en su idioma. ¡Si hasta para ir a mear hay que leer inglés y traducir toilette o ladies!

—Será el francés en el primer caso, e inglés en el segundo.

—¿Ve, ve, ve? ¡Para eso sí! Ahí sí distingue uno de otro; pero vive con una paraguaya durante años, ¡y la confunde con una entrerriana!

—No quiero distraerlo, porque me aburre discutir sobre mi empleada; pero me preocupa en serio que, un policía del que dependen la ley y muchas vidas humanas, cometa un error tan obvio como el que ya le corregí.

—¡Pare! ¡Pare que se va a pegar un porrazo! ¿Cuántos años

hace que tiene a la chica en su casa?

—Creo que diez años, o más. Se imagina que la conozco lo suficiente; y le aclaro: siempre la tuve con los papeles en orden, donde figura su nacionalidad. ¡Es tan ridículo dudar!

—Yo no dudo, porque es paraguaya y habla guaraní. ¡Dudará el que la anotó al nacer!

—¡Qué increíble! ¿Así manejan las cosas los policías? ¿No le alcanza la partida de nacimiento, el DNI, la ART, ni que yo mismo se lo garantice? La ley que hoy me dijo que respetaba, ya la olvidó, y no me cree, así que, ¡hay que tolerar su sospecha y su torpeza!

—¡Tenía razón con lo de la cerveza, Germán! —dijo con picardía, mirando el jarrón ya vacío de Germán— es un atentado a su inteligencia. ¡Pidamos otra, así lo pongo más a mano con la mía!

—¡No, gracias, Carlos! Pasa que me estoy poniendo un poco molesto con sus... bueno, no digo torpezas, sino limitaciones, y no estoy acostumbrado a discutir sin sentido.

—Limitaciones, suena mejor que torpezas; suena bien, pero es igual. Con cualquiera de las dos o con las dos juntas, perdone si no soy modesto, pero en dos días, ¡sé más de su vida y su paragüa que usted en diez años!

—Si prefiere dejamos ese tema, que no me preocupa demasiado; imaginará que vine para hablar de la muerte de mi mujer, no de la vida ni origen de mi muchacha.

—¡Por eso, Germán, por eso! A usted le molesta mi torpeza y a mí también me molesta un poco su... ¿arrogancia, se dice?

—Supongo que no, que en realidad usted se refiere a culturas distintas, o a educaciones diferentes, si prefiere.

–¡No, no! No hablo de eso, aunque se lo respeto, ¿eh? Le hablo de esa verdad revelada que cree tener siempre la gente de plata, y le impide ver otras verdades de la gente distinta, como yo. No es un tema de educación o de cultura solamente; creo que, en el fondo, usted me subestima a mí, no a mi educación.

–No es así; no lo conozco como para subestimarlo, pero es lógico que tengamos miradas distintas del mundo; mi ambiente no es el suyo, pero ¡sí conozco mejor el ambiente de mi mujer, y mis amigos! Es natural que sea así.

–Al pelo, entonces; ya que no me subestima y conoce mejor el ambiente de su mujer; por ejemplo, ¿me podría contar por qué el auto de su mujer estaba todo tapado con funda en su propia casa?

–¿Qué importancia tiene eso, me puede decir? –contestó suspirando y mirando, indignado, hacia el techo– ¡mi dolor merece más respeto, porque sabrá que no me ocupaba de cuidar los autos, ni es un tema importante para plantear ahora!

–¡Si es o no es importante ya lo va a saber, Germán! –lo interrumpió con autoridad– el auto de su mujer fue denunciado al seguro por robo, desde su casa, hace dos días, ¡hablamos de treinta mil pesos!

–No siga, Zeballos, está hablando de mi mujer y no voy a tolerar que siga; ya veo que la cerveza lo marea.

–Por ahora me deja ver y hablar claro; al menos más claro que usted que, según dijo, conoce mejor a su mujer, ¡y tiene el auto encapuchado en su propia casa!

—¡Es lo único que falta! ¡Que presuma de conocer mejor a mi propia esposa! Mire, ¡le voy a ser sincero Zeballos!

—¡Cagamos! ¡Yo creí que siempre lo era!

—Lo único que me retiene acá, es ver a dónde va su investigación; porque yo no los maté; y si no fue un accidente, usted debería dejarse de hablar y demostrarlo.

—"Una cosa es cacarear y otra es poner el huevo", ¿me entiende? ¡No fue un accidente! Pero, para demostrarlo, hay que tener información, indicios, presunciones y, finalmente, pruebas. Recién le estoy pidiendo un poquito de información, ¿y usted ya se me pone nervioso?

—¿Nervioso? —dijo, fuera de sí, golpeando la mesa con un puño— estoy harto de todo y sólo quiero pegarme un...

—¿Pegarse un qué? —preguntó empleando un gesto paternalista ante Germán, que se había quebrado en llanto— siga; lo escucho como amigo, ahora sí, sin siquiera un papelito delante.

En ese momento, Nico entró, preocupado, atraído por los golpes.

—¡Reponé, hermano! ¡Reponé! —ordenó Zeballos.

Cuando Nico salió, rápido, para reponer la cerveza, deliberadamente aumentó el volumen del audio del boliche.

—Ya está, ya está. No me interesa nada más. Lo de mi mujer es para irme en paz, pero ya ni eso tiene sentido —le temblaba la voz, sollozaba y apenas podía hablar, sosteniéndose la cabeza con ambas manos.

Zeballos se paró y fue a buscar las cervezas, para evitar el regreso de Nico. Al volver, apoyó un jarrón delante de

Germán; luego, con la misma mano lo tomó del hombro, apretó fuerte para darle ánimo, y giró su propia silla para sentarse tipo paisano, con las piernas abiertas y el respaldo entre ellas, enfrentándolo muy cerca.

—¡Ojalá fuera inocente del todo, Germán! Entonces le diría como me dijo un cura, cuando tuve que matar por primera vez. "¡Salva tu Alma! Lo demás ya lo has perdido". ¡Y fue verdad nomás! Desde esa vez, me paso días y días sin dormir, sin poder olvidar la cara, el último gesto del tipo. Duerme conmigo, ¿sabe? Y ya no pude volver a reírme como antes, ¡con ganas! Siento culpa si me río, porque ahí nomás me acuerdo de él; y es muy duro, porque lo hablo conmigo mismo; con los demás, no puedo. Una cervecita me ayuda, hasta me puedo reír un poco, ¿me entiende?

—Trato, pero no puedo, Carlos; no maté, ni podría matar a nadie.

—Si no me entiende, ni los mató, ¡aunque sea deme una mano con esto, que todavía me quedan papelitos con interrogantes! ¡Qué jodido no saber la verdad! ¿No?

—¿Qué verdad Zeballos? —dijo Germán, mientras tomaba el jarro y bebía, con la mirada llorosa perdida contra la pared, recordando— ¿Qué verdad, si la única verdad es que mi mujer está muerta, y yo tendría que haberme matado antes?

—Todos llevamos una cruz, pero si usted es inocente no tiene que rendirse. Todavía le quedan cartuchos para otra vida, sin rematar esta; así que, ¡olvídese de esas macanas de pegarse un tiro!

—No hay otra vida, ni la necesito —se estaba reponiendo

poco a poco– lo hecho, hecho está y no vale la pena; sí le pido que haga lo que pueda con lo de mi mujer, que me tiene mal. ¡La verdad es que no sé qué creer!

–Se lo dije hoy, pero soy medio torpe, como usted comentó, y la verdad me arrepiento por eso de que la conocía a su mujer más que usted; medio se me escapó, pero no le mentí nada.

–No sé en qué andaba Soledad con eso del robo del auto o del seguro –aceptó, secándose la cara con las mangas de la camisa– pero explíqueme.

–El tema es así: su mujer –tómeselo con calma– andaba bien con el americano; eso es seguro. Lo que no sé, es si estaban preparándose para levantar vuelo juntos, porque aparecieron en su casa dos reservas abiertas de vuelo a Miami

–Serían de Michael, para volver con Sally al terminar el seminario de periodistas; esos pasajes los pagaba la redacción, o el mismo seminario.

–Yo también creía eso; pero fíjese que los dos pasajes de vuelta de la redacción los tenía Sally en su poder, y eran a Nueva York. Ni siquiera los usó, porque volvió con gente de la embajada.

–Es lógico, nadie tenía previsto lo del accidente.

–Pero alguien tenía previsto un vuelo distinto; y fíjese que, las dos reservas que secuestramos, estaban a nombre de su señora. ¿Usted pensaba viajar con ella?

–¡No, Carlos! No tengo idea del vuelo; tampoco del auto, porque estaba a su nombre y nunca supe de ese supuesto robo; no entiendo.

—Si es así, está más claro; se ingeniaron para denunciar el robo del auto en complicidad; y lo de los pasajes me suena feo, creo que se tomaban el buque juntos y a usted me lo dejaban de seña.

—¡Es muy rebuscado todo eso! Mi mujer podía sacar plata del banco sin problemas, hasta unos cien mil pesos; sin contar lo que yo escondía en la bodega... bueno, ella eso no lo sabía.

—Entonces suena más rebuscado, Germán; discúlpeme, pero el americano la tenía en sus planes para algo, y en sociedad. Si ella no sacó plata del banco, por ahí la del seguro la armó él solo. ¡Pero no creo que se juegue así por treinta lucas! Había algo más atrás de esa denuncia del auto.

—Soledad no lo necesitaba, y de Michael me parece infantil, porque ella lo descubriría; si es que la engañó, no sé qué podrían lograr con la denuncia del robo de un auto.

—Varias cosas, Germán, unas cuántas. Por ejemplo, prometerle una nueva vida en Estados Unidos, comprar los pasajes para entusiasmarla y, llegado el momento, complicarla con una denuncia policial por autorrobo o defraudación. Con eso, la dejaba pegada en el país y se borraba unos cuántos meses, los necesarios para cubrirse.

—¿Cubrirse de qué? ¡Si Soledad podía viajar cuando quisiera!

—¡Justamente! Creo que Michael la quería dejar pegada con una causa penal en Buenos Aires y usaba los pasajes para entusiasmarla a futuro. A propósito, ayúdeme otra vez con la relación entre esta gente y la embajada americana, que no me queda tan clara.

–No tengo idea, porque nunca hablaron de eso ni parecían muy vinculados acá; le diría que eran muy independientes. A la embajada ni la mencionaron.

–Raro, muy raro que ni la mencionen y después resulten tan importantes. No sea cosa que siempre lo hayan sido y usted ni estaba enterado; porque para ocuparse de esas cosas, los americanos son muy cuidadosos. Creo que estaban en algo importante.

–¿Importante como qué? ¿Qué puede haber de importante para la embajada o para cualquiera en mi casa?

–Bueno, es una posibilidad más; pero, si Soledad no les importó mucho porque la dejaban pegada aquí, la pregunta del millón es: ¿no será usted el importante?

–¡No, Zeballos, no! –contestó mirando nerviosamente la hora, y agregó– me parece que ahora sí es hora de ir a dormir, porque nos estamos poniendo fantasiosos, y este hombre debe querer cerrar.

–No hay problema, Germán, Caferatta da para todo. Pero, para saber la verdad sobre lo de su mujer, ayúdeme con esta de los americanos. ¿Por qué no se arma de paciencia y me va contando detalle por detalle, hora por hora, qué hicieron los americanos desde que llegaron? ¡La punta tiene que aparecer por ahí!

–Lo haría, si usted me cuenta todo lo que ya investigó.

–¿Lo ayudaría eso?

–Sí, creo que sí – contestó Germán.

–¡Ahí va! Pero no se me duerma porque la cosa se enfría, ¿eh?

—A propósito, Zeballos, para que no se enfríe si despúes me olvido, ¿a cuánto ascienden sus honorarios?

—Ya lo sabe, ¿o se hace el distraído? Nico me hace descuento, pero cobra. ¡Y de estos floreros nos vamos a chupar como diez! ¡También le podemos ir dando a la pizza mientras me cuenta! ¿No?

—OK, pago la cerveza y la pizza, entonces.

—Un último favor, Germán.

—Dígame.

—Para mí, para mí solo, para sentirme como en mi casa con un amigo, ¿no podrá decir "al pelo" en lugar de OK?

—Está bien, Carlos, pero me parece más un capricho que algo importante.

—Quizás el mío sea un capricho, pero usar otro idioma es un desprecio a mi lengua, a mi país, a...

—Está bien, está bien Carlos —lo interrumpió— no quiero empezar todo de nuevo, porque terminamos con Colón y el viaje a la Luna. Volviendo a lo nuestro, ¿empiezo desde que llegaron?

—Sí, por favor, no se olvide de ningún detalle, que todo puede ser importante.

—Usted tampoco olvide nada, espero que pueda comentarme la información que obtuvo. ¿Es un trato?

—Al pelo, Germán; yo tampoco me olvidaré nada, se lo aseguro. Hasta le voy a contar lo poco que me tiró esa Sally, aunque le suene fantasioso.

—Bueno, empiezo desde el primer día, entonces; cuando

llegaron a Ezeiza.

Capítulo V

Día 1

Curiosa visita

Germán –de impecable traje, y con ambas manos en los bolsillos– observaba por la ventana de la confitería la evolución de las aeronaves; a unos pasos se encontraba Soledad –su mujer– muy ansiosa, con la mirada perdida, generoso escote y muy buenas formas que disimulaban eficazmente sus treinta y cinco años.

–Ahora sí, ¡llegaron! –exclamó ella, mirando el cartel de anuncios de los vuelos.

–¡Eso parece! –contestó él con aire despreocupado, sin mirarla– ¡Pero no sé qué te desespera tanto! No creo que sea Sally, justamente.

–Los dos me gustan y punto –respondió con fastidio– además, el tema de tus negocios me tiene bastante aburrida; al menos tendré compañía por un tiempo. ¿Por qué mejor no vamos bajando, en lugar de discutir?

–Sí, sobretodo, eso; vamos a buscar tu metro noventa de buena compañía.

—¡Qué original sos! ¡Todavía no llegaron y ya te acomplejás! Estás triste porque con él no te ves haciendo negocios, y ella es mujer; mejor dicho, para vos un objeto, ¡y ni siquiera sexual!

—En todo caso me acomplejás vos, escotada como a los veinte, por no decir torneada. Nunca entiendo como entrás y salís de esas fundas, ¡un día vas a morir por asfixia!

—Sí; de emoción, seguro que con vos no me muero, y asfixiada en tus brazos, ¡menos!

—¡Me vas a hacer lagrimear, che! Justo cuando llega tu amigo. ¡Y encima, va a creer que es por la emoción de verlo!

—Para hacerte llorar tuvieron que inventar plástico y chequera, querido.

—Tenés razón, por vos no lloro hace rato. Después de un par de años al lado tuyo, ¿quién quiere más complicaciones?

—No hace falta que lo digas, querido, me di por enterada; lo único femenino que te tienta es la libra esterlina.

—Otra vez tenés razón, y empezás a preocuparme.

—¡Al menos te preocupo por algo!

—¿No creas, eh? Me preocupé en Punta Cana cuando bailabas la lambada con él; pensé mal, pero no; se ve que ahora viene por la revancha.

—La que busca revancha soy yo, ¡pero con la vida, querido! Soy joven como para mirarla pasar, mientras vos sacás cuentas. ¡Tantas cuentas y ni siquiera nos hicimos ricos!

—¡Mira vos, qué distraído soy! Pensé que te había dado todo y, al final, te condené a vivir en la pobreza.

La figura de Michael los interrumpió, al avanzar hacia ellos entre la gente. Rubio, muy apuesto, de unos treinta años, con una vestimenta colorida, como buen norteamericano, acompañado por Sally, también americana y de la misma edad, rubia, delgada y muy llamativa, pero más moderada, se acercaban sonrientes.

–¡Hello! Hola todos –saludó Michael con gesto ampuloso, en un español duro, pero entendible– ¿cómo han estado?

–¡Bien! –dijo Sally sobre la voz de Michael; su pronunciación era típica de los norteamericanos, pero hablaba con fluidez– se los ve muy bien, ¿no es así?

–¡Hola! –los recibió Soledad, abrazando a ambos– ¡pero qué alegría verlos! ¡Los hemos extrañado!

–Siempre nos acordamos de ustedes y de Punta Cana –dijo Germán con menos énfasis– pero imagino que estarán cansados, así que, mientras vamos en el auto charlamos, ¿quieren?

Los cuatro abordaron la Cherokee de Germán, con Michael adelante y Sally y Soledad en los asientos posteriores.

–¿Prefieren ir directo al hotel, o se animan a pasar por casa? –preguntó Germán– son unos veinte kilómetros desde aquí.

–No, no querido, de ninguna manera –intervino Soledad– tenemos el cuarto de huéspedes preparado, y por fin podemos usarlo; así que vienen a casa. ¿O van a estar mejor en el hotel?

–OK, pero tenemos reservas en el Sheraton y corren por cuenta del Seminario; quizás pasemos algún fin de semana en tu casa –repuso Michael– ¿está bien?

–No, no, de ninguna manera. Soy la dueña de casa y no me quiero perder nada, no discutimos más. En casa van a estar más cómodos, ¿no es cierto querido?

—Bueno Sole, depende de ellos; si están acostumbrados al hotel, quizás les resulte más cómodo; prefiero que lo resuelvan sin sentirse presionados.

—Entonces tú decides —dijo Michael girando sobre sí para ubicar detrás a Sally, que lo miraba curiosa— ¿OK?

—OK, OK, por unos días estará bien —contestó mirando a todos, y tratando de entender la discusión— pero no queremos molestar sus "íntimas". ¿Así se dice?

—Se dice intimidad, Sally —acotó Soledad— pero no te hagas problema. ¡Germán ni sabe de qué hablamos!

—¡Soledad! —intervino Germán, con un ligero fastidio— no es tema para armar un debate. ¡Recién llegan y ya los querés complicar con tus cosas!

—¡Ay, querido! Parece que hablaras en serio y sólo fue una broma; después de todo, no complico a nadie: simplifico.

—Sorry, la "intimeidad" es eso; que puedan discutir sus cosas sin nosotros, ¿OK?

—No estamos discutiendo, Sally —dijo Germán mirándola por el retrovisor de la camioneta— Soledad hablaba en broma. Pero, por las dudas, pongo música; a ver si mi mujer se apiada por una vez, y nos deja disfrutar algo de paz.

Germán encendió el estéreo y reguló el potente volumen, hasta que Los Plateros invadieron con su "Pretender".

—¡Querido, qué antigüedad! —se apresuró a criticarlo Soledad— ¡los pobres no los deben escuchar desde los sesenta!

—Es un clásico, Sole, no una antigüedad; y lo bueno es atemporal, aquí o allá.

–Sí –dijo Michael– es verdad; en mi país los añoran, especialmente los que estuvieron en el frente.

Sally se asomó entre los dos asientos –¿has estado en el frente, Germán?

–Sí, ¡en el frente monetario, querida! –retrucó Soledad con ironía.

–No, no estuve –contestó Germán haciendo caso omiso a los comentarios de su mujer– pero en Las Malvinas hubiese querido estar. A pesar de todo, sigo creyendo que la causa es justa y, tarde o temprano, las islas volverán a ser nuestras.

–¿Todos piensan así Germán? –quiso saber Michael– ¿o eres un nacionalista?

–No, no, aquí no hay nacionalistas Michael, pero Las Malvinas para nosotros es un tema sentimental, no político y...

–Querido lo interrumpió su mujer– estamos llegando y vos seguís con los Plateros. ¿No es mucho ya? ¡Mirá la cara del pobre Michael!

–Quizás sus Plateros cantaron para darles ánimo a los soldados en el frente –replicó Germán con aire indiferente– quizás los soldados los necesitaron para afrontar la tragedia con algo de humanidad, y quizás no estaría Michael si los soldados y los Plateros no triunfaban. Pero, igual tenés razón, ¡prefiero cantar yo!

Todos festejaron la ocurrencia, mientras la camioneta entraba por el portón de la casa.

Capítulo VI

Haciendo rancho aparte

La Cherokee se detuvo en el amplio parque con pileta, cascada y mucha vegetación. Todos descendieron; Sally contemplaba el cartel tallado en madera que decía "Rancho Aparte" y Michael se desperezaba, estirándose a la vez.

–Este es nuestro rancho –dijo Germán.

–Bonito, muy bonito, ¿por qué, Rancho Aparte? –quiso saber Sally.

–¡Ah! Son cosas de mi marido; se le ocurrió, porque la casa está entre el Hindú y la calle María, pero él vive en "su mundo aparte"; es una especie de cavernícola del siglo XXI.

Mientras caminaban hacia la casa, Germán les comentó, como en secreto, a Michael y Sally– "pequeño es mi mundo, y en eso fundo, que al ser dueño de él, lo soy del mundo".

–¡Oh! –acotó Michael– no es pequeño; se parece a nuestros ranchos, ¡realmente es bonito!

–Es verdad –agregó Sally– pero allá no se usan cercos así; son más abiertos entre sí.

–Al menos no levantó una pared sobre el Hindú –dijo

Soledad– ¡hasta eso quería separar de su mundo!

El grupo entró por la puerta del living en desnivel, y Sally fue directamente hacia los sillones frente al hogar. Michael recorrió el comedor, muy amplio, hasta que se detuvo frente a las puertas de la galería.

–Me gusta, me gusta mucho, es todo muy acogedor y muy bonito –comentó Sally, que se había desplomado sobre uno de los sillones, que ofrecían un coqueto contraste entre tapicería blanca y algarrobo– en invierno, con leños encendidos debe verse aún mejor, ¿no?

–Ni lo dudes –replicó Germán– ¿sabés que diría Marylin? "Con un whisky antes, y un cigarrillo después". ¡Pero, empecemos por la cerveza!

–Sí, nos hará muy bien a todos –contestó Michael– aunque... ¡mierda, no está Marylin!

Soledad sirvió bandejas y platitos sobre la mesa ratona del living, mientras Germán entregaba una Quilmes en mano a Sally, y después a Michael.

–Podríamos poner música y charlar un poco de la vida, ¿no? –dijo Soledad.

–¿Puedo? –preguntó Sally señalando el equipo de audio, con modales muy delicados y dirigiéndose a Germán– ¿recomiendas algo de tu música?

–Por supuesto, es tu casa. Deberías escuchar "Aquellas pequeñas cosas" de Juan Manuel Serrat; es una poesía fantástica y creo que nos representa.

En ese momento, María –la muchacha– bajó desde la planta alta sin hacerse notar. Era una morocha muy bonita, de belleza tranquila y modales suaves, que se deslizó como si no mirara, pero era muy observadora.

—Hola, María, ¡aquí estamos! —le dijo Soledad viendo que ella iba discretamente hacia la galería por la puerta balcón del comedor— Michael y Sally son nuestros huéspedes; ella es María, que ya les preparó el cuarto. ¿Podrás llevar las valijas, "Mery"?

—Sí Señora, iba a eso justito, y a soltar el perro —contestó mirando de reojo a las visitas, sin abandonar su pachorra y tonada entrerriana.

—Bueno, querida, y después poné la mesa afuera; eso sí, con candelabros, ¿sabés? Mientras, nosotros les vamos mostrando la casa.

Los cuatro recorrieron todo, hasta detenerse frente a la única puerta de la planta alta que Germán no abrió.

—Es mi santuario, si no prefieren llamarlo bodega.

—Nadie ha entrado ahí en años salvo él —confirmó su mujer— y si lo intentaran, con tantas alarmas les volarían los tímpanos

—¡Ah! Aquí hay reglas —comentó Germán, sacando una perinola del bolsillo y mostrando sus lados escritos— el que entra, tiene que jugar una perinola; si al girar el hueso le sale "toma todo", tiene que tomarse una por una todas las botellitas de mi colección, de las que no voy a revelar su especie, ni cantidad.

—Bien, bien —replicó Sally— es cuestión de probar suerte; será otro día, ¿no?

—Yo podría hacerlo: tomarme todas —aseguró Michael, a

la vez que se ordenaba con una mano un mechón rubio, deliberadamente caído sobre el ojo, y tomaba su tercera Quilmes de medio litro, eufórico– y montarme un hombrecito horas y horas, si tuviera que volver a empezar. El buen Tonny sí que se las tomaba, y por él fui periodista; el muy marica me hizo periodista, ¡y bien! ¡Aquí estoy!

Sally lo miró, muy molesta.

Como desde el Hindú se escuchaba música festiva, se acercaron a la ventana y vieron, a la distancia, las luces en el quincho del club y autos sobre la calle interna que pasaban frente a la casa, despaciosamente.

–¿Hay fiesta allí? –quiso saber Sally.

–Deben estar festejando algo en el club y parece que hay para toda la noche; hoy espero que nos dejen dormir, pero mañana tendrían que conocer el lugar, sin tanto ruido.

–No hoy, por cierto; yo preferiría descansar un poco de tanto avión y copas –aceptó Michael.

–¿Entonces nada de cena y candelabros? Bueno, al menos un whisky en el living –ofreció Soledad.

–Está bien, bajemos por un trago, sólo uno. ¡Ah! Yo elijo música, ¿sí? –pidió Sally, tarareando una melodía apenas audible, mientras se acercaba al equipo de audio para buscar entre los discos compactos.

El resto ya descansaba en los sillones, cada uno con su copa.

–Michael –quiso saber Germán– ¿cómo es la actividad mañana? ¿Todo en el hotel, o hay otras cosas en la ciudad?

–Verás, Cronistas en Catástrofes es nuevo; nunca fui a su

Centro, ni a su seminario; por programa, hay pocas actividades aquí, alguna visita y homenaje, pero poco, muy poco; el resto, tú sabes: mañana hay discursos, y todo eso es en el Sheraton.

–No te entusiasma mucho, ¿no? Podrían venir después caminando a mi oficina, que está a unas cuadras del Sheraton, y desde ahí tomar los tres la combi de regreso; siempre es más descansado que conducir mi auto, sobre todo a esas horas pico, y en ocasiones resulta muy divertido, ¡ya lo verán!

–¡Sí que es un buen plan! ¡OK! Iremos a conocer tu oficina, entonces.

De pronto, el estruendoso sonido de la alarma alborotó a todos. Germán corrió a buscar un arma a la cocina, Soledad detrás, y Michael siguiéndolos. María soltó a Sultán –el ovejero belga– al parque, y encendió todas las luces exteriores.

Sultán ladraba y saltaba, furioso, sobre la camioneta que destellaba sus luces con Sally en su interior, aterrorizada y sin entender qué pasaba. A la vez que los demás se acercaban con cautela; María retuvo a Sultán, que seguía ladrando y corrió a desactivar la alarma del parque, que dejó de sonar.

–¡Plateros! ¡Sólo buscaba Plateros! –gritó Sally desde el interior, mostrando un disco compacto en su mano.

–¡Vos y tus benditas alarmas! –dice enojada Soledad, mirando muy mal a Germán– ¡qué ganas de joder tenés!

Sally bajó, todavía sorprendida; todos festejaron lo acontecido.

Capítulo VII

Día 2

Charter ruidoso

Ya en la oficina, Sally y Michael habían tenido un extraño comportamiento, hurgando todo con avidez infantil, lo que había llamado la atención de Germán.

Michael llegó hasta a incomodarlo en determinados momentos, con su interés por emplear una computadora desde allí para emitir y recibir sus e-mail, lo que fue desalentado con la excusa de haber entregado sus máquinas a una empresa para la incorporación de un complejo programa aduanero, proceso que demandaría varios días.

Cuando se hizo la hora justa salieron y, sobre la calle, puntual, estaba esperando la combi donde subieron Germán, Michael y Sally, vestidos formalmente luego de la jornada. Varios pasajeros compartían el charter y saludaron con cordialidad.

Germán se sentó delante de Sally y Michael, que estaban ubicados en un asiento doble.

–Cuéntenme del seminario –preguntó girando el cuerpo

hacia ellos– ¿qué hubo de bueno hoy?

–¡Oh! ¡No hablemos del tiempo perdido! Cuéntanos más de tus cosas y tus negocios, porque tu oficina no habla mucho de ellos, ¡ni de ti! –reclamó Michael.

–Sí, eso es; nos gustó tu oficina; pero, ¿tenías poca gente hoy, o es que trabajan para ti desde afuera? –quiso saber Sally.

–Cierto, trabajan para mí más personas; pero una buena secretaria resuelve todo y coordina despachantes, apoderados y clientes. Un mínimo equipo, pero eficiente; así funciona.

–OK, ¿cuál es tu parte entonces?

–¿Mi parte? Les cuento; hace algunos años vendía electrónica ajena: arriesgaba poco, y ganaba menos; después vendí electrónica propia, pero arriesgaba mucho mi capital; en cambio, ahora sólo contrato, firmo y despacho con lo que otros arriesgan al importar o exportar cualquier cosa.

–¿Así? ¿No hay más? ¿Tan fácil? Bien, bien; sí que se ve fácil, eso de importar o exportar cualquier cosa.

–Bueno, sería aburrido de explicar, porque sabrán que es todo un proceso; pero, en concreto, hago importación o exportación por cuenta de terceros, y es fácil, ¡pero no lo digan!

–OK; entonces, ese será nuestro secreto. ¿Tienes algunos otros? –preguntó Sally.

–No, no tengo otros secretos y me van a condenar por aburrido. ¿Y ustedes? ¿Qué hay de ustedes? ¿Sólo son amigos, son pareja, o es nada más que trabajo?

–Bueno, lo nuestro es trabajo. Somos equipo para todo y, en ocasiones... bueno, para algo más –le hizo saber Sally.

–¿Cuánto más, Michael? ¿No sabe, no contesta?

–¡Oh, no! No; esos temas son de ellas, ¡las mujeres saben más! –contestó Michael.

–OK, veámoslo así –dijo Sally completando la explicación– él es reportero y yo soy fotógrafa, lo que nos hace equipo; pero debemos compartir viajes y largas jornadas, así que digamos que tenemos... convivencia forzada.

–¿Así, no hay más? ¿Tan fácil? Bien, bien, sí que se ve fácil –retrucó Germán impostando la voz de Michael, mientras los tres reían con ganas.

–Digamos entonces que somos cómplices, ¡pero no lo digas! –agregó Michael.

Volvieron a festejar la ironía y Marcelo –el chofer de la combi, muy canchero y que los escuchaba– aprovechó un semáforo, giró su cuerpo, se sumó al grupo e involucró al resto de los pasajeros.

–¡Germán! –dijo Marcelo– largá algo, que los muchachos no pescan una. ¿No ves que hoy está todo bien, todo prolijo y ni se zarpan? ¡Ojo! ¿Eh? ¡Esperan presentaciones! Porque esta mañana, ¡ni bola men!

–Bueno Marce, él es mi amigo Michael.

Hubo un abucheo generalizado del pasaje, que perdió todo recato. Le tiraron a Germán algún papelito, y Michael y Soledad se rieron, sorprendidos.

–¡No entendiste, men! ¡La popular reclama! –insistió Marcelo, el chofer– ¿vamos de nuevo?

–¡Bueno, bueno! Ella es mi amiga Sally –y no pudo continuar, porque hubo una ovación estruendosa.

–¡Que salude, que salude, que salude que salude que salude! –comenzó a cantar toda la barra de la combi, como si estuvieran en la cancha.

–¡Hola! ¡Hola a todos! –saludó Sally con simpatía, incorporándose sobre su asiento.

Marcelo giró de nuevo medio cuerpo para mirar directamente al pasaje –¡Ché, qué ordinarios son! ¿Y al mister no le dedican nada?

–¡Marcelo está con Mister, la ra, la ra, la ra! –entonó la barra.

Michael no se daba por enterado, pero Germán le insinuó con el gesto que se parara, y se incorporó a medias.

–¡No ché, ni en joda! –agregó Marcelo– Mister es simpático, ¡pero no es para tanto!

–¡Se ha formaaaaaaaado una pareja, señooooores! –gritó un pasajero imitando la voz de Galán, el conductor televisivo de "Yo me quiero casar, ¿y usted?"

Hubo risas generalizadas, menos de Sally y Michael, que no reconocían la voz ni la caricatura del animador, aunque presumían la broma.

–OK. ¡Preséntanos a tus amigos, Germán! ¡Ahora les toca a ellos! –se sumó Michael a la batahola.

–¡No, yo no sirvo para eso! Marcelo es el capo y los conoce más.

–¡Empecemos por las damas! –asumió el protagonismo Marcelo, fingiendo resignación– ¡en este rincóoooooooonnnnnn! ¡"La Reina", porque va y viene al centro sin sentido! A su lado, "la Doctora", que por sus divorcios, ¡vive en Tribunales!

–¡Uh, uh, uh, uh! – gritó "la doctora", como una vedette.

–¡Atrás "BJ", porque está "bien juerte"!

La hermosa señora también saludó con simpatía y recibió varios chiflidos de admiración, ampliamente justificados.

–Con el resto de las damas no me meto, porque no hay onda, ¿vio? Vamos con los hombres, mejor. ¡Aquíiii "Batería"! ¡Cariñosamente! ¿Eh? ¡Por lo cuadrado y negro!

El corpulento morocho le arrojó, desde la segunda fila, una hoja de diario hecha un bollo.

–¡Atrás "ET", porque siempre dice: "entre todos"! ¡Una butaca más atrás, vemos a "Milki", por lo dulce e ingenuo, onda Milkibar, recién castrado... digo... ¡casado!

"Milki" saludó tímidamente.

–¡A su lado, "el Inglés", porque habla raro y no le entendemos un carajo!

Discreto, "el inglés" miró con simpatía, pero sin festejar.

–¡Y en el fondo, siempre haciendo quilombo, "el Religioso", porque adora a dos dioses: "al" y "cohol".

–"La doctora" se paró sobre el asiento para hablarles a todos, dirigiéndose especialmente a Michael y Sally, que no podían entenderla fácilmente pero le prestaban atención.

–¡Shhhh, escuchen todos! ¡A los chicos hay que darles la bienvenida! ¿Por qué no vamos a casa a descorchar algo y, de paso, conocen a mi nueva pareja?

Esa invitación provocó una ovación generalizada; Marcelo aumentó el volumen del estéreo y se armó clima de fiesta.

–Gracias por la invitación –dijo "el inglés" en un español

poco entendible– pero prefiero que me dejen en casa.

Todo el pasaje lo abucheó y llovían cosas sobre "el inglés", que reía sin muchas ganas.

"El religioso", desde atrás, empuñaba una jeringa cargada con perfume de mujer y le lanzó un par de chorros al "inglés", que impactaron sobre su espalda impregnando el ambiente. Todos festejaron con risotadas.

–Tá bien –dijo Marcelo– donde manda capitán, no manda marinero. ¡"El inglés" no caza one!

–¡Yo sí acepto, ché! Hay tres causas para tomar: un buen amigo, un buen vino, y... ¡cualquier otra!

Hubo risas generalizadas, mientras algunos despedían al "inglés" en su casa, con nuevos abucheos.

–Eso sí –agregó "el religioso" provocando más risas y ambiente de batucada– soy muy exigente con los incunables. ¡Sólo puedo tomar tinto, blanco o rosado!

Capítulo VIII

Cena y postre

El inesperado evento en casa de la "doctora", había demorado la cena preparada por Soledad, pero ya no estaba demasiado malhumorada a la hora de servir el café.

La mesa ratona que utilizaron, estaba poblada de álbumes de fotos. Michael y Soledad comenzaron hojear uno, mientras Germán se arrimó con otro en la mano, para compartirlo con Sally. Eran unas hermosas fotografías de Punta Cana, donde habían estado los cuatro.

—¡Qué arena definitivamente blanca y qué palmeras definitivamente verdes! ¡Qué belleza! Pienso que el paraíso, definitivamente debe de estar allí –exclamó Sally.

—¡Ay, Sally! ¿A esta edad todavía pensás en eso del paraíso? ¡Si en Estados Unidos tenés de todo! ¡Otra que Punta Cana!

—¡Oh no! No todo, ¡no siempre tienes todo!

—Como dice Sally –acotó Germán– el agua es increíble; tan azul, ¡que hasta me parece más linda en las fotos!

—¿Quién? ¿Sally? –le preguntó maliciosamente Soledad.

—¡Por favor, Soledad! Hablaba del agua... del agua azul.

—Tienes razón —afirmó Michael— igualmente, Sally en fotos se ve mejor, ¿no Germán?

—No sé —apuntó Soledad— ¿estabas mejor en esa época, Sally? Parecías menos abrumada.

—No, creo que no; estoy muy bien aquí —dijo, mostrando otra fotografía.

—¡Shit! —exclamó Michael, sobresaltado, al derramarse café sobre su pantalón a la altura de la entrepierna.

—¡Un minuto! Un minuto y lo limpiamos —trató de solucionarlo Soledad, yendo hacia la cocina en busca del quitamanchas y un paño.

—¡Shit! —repitió Michael.

—Vení al sillón, Michael —le pidió, con frasco y trapo en mano— a ver, a ver; un poco de paciencia y quedará impecable; permitíme.

Michael se acercó, para sentarse en el sillón del living, mientras Sally y Germán permanecieron en el comedor comentando las fotos: apenas se los escuchaba. Soledad comenzó a esparcir el producto en círculos sobre el pantalón de Michael, pero iba dejando una aureola.

—No te preocupes, enseguida le pasamos el cepillo, ¡y ya está!

—OK, gracias Soledad, OK.

Ella, sin cepillo pero con generosidad, apoyó la mano en la mancha para comprobar su estado, con lo que sobresaltó a Michael a la altura de la entrepierna. Ambos observaron de reojo a Sally y a Germán, que seguían en lo suyo, y volvieron a mirarse: él, sorprendido; ella, con picardía.

—Sin nervios, Michael... un poquito de paciencia, que estas cosas pasan.

Él miraba, impasible, el movimiento rítmico que le producía una agradable sensación, en tanto ella prolongaba innecesariamente su servicio, transformando mancha de café y aureola en una misma cosa. Algo descolocado por el inesperado avance, Michael se incorporó.

—¡Qué estúpido fui! ¡Mira cómo te hago trabajar!

—Es un placer —insinuó— ya está; pero me debes las clases de buceo.

—También será un placer para mí.

Capítulo IX

Día 3

Sally en superficie

Germán estaba tomando sol después de un piletazo, mientras leía el diario. Cuando miró su reloj eran las 07:30 y estaba llegando Michael, con un diminuto short y su musculosa realidad.

Con un entrenado salto desde el borde, se sumergió, dibujando pequeñísimas burbujas en la superficie, para reaparecer por el otro extremo de la pileta.

Desde el agua, saltó y se colgó con los dos brazos del madero de la plataforma, envolviéndola entre sus piernas como tenazas, para darle un abrazo de oso y montarla.

–¡Hey! ¡Hello! –saludó.

–Buen día, buen día, ¿y Sally? –preguntó Germán.

Justamente en ese momento ella apareció, envuelta en una bata de redecillas que torneaba sus formas, y un dos piezas azul espectacular que mostraba, por primera vez, sus encantos.

–¿Preguntabas por mí? Aquí estoy, hambrienta. ¿Tenemos tiempo?

—¡Un rato! Podés disfrutar de una zambullida, todavía.

—¿No saltas al agua? ¡Hombre, mira esa sirena! —lo animaba Michael quien, recostado en el trampolín, observaba las curvas de Sally, que lucían de ida y de vuelta.

—Veo, veo; pero ya estuve en el agua y ahora me toca el diario.

—¿Te la pierdes? El agua la pone especial... ¡Hasta para mí!

Al rato se sentaron a desayunar en el jardín y Sally, prácticamente, devoró la primera tostada con dulce de frutilla, bajo la enorme sombrilla. Soledad se acercaba, aún medio dormida, dirigiéndose directo a Michael.

—¿Y si pegas un faltazo, Michael, y empezamos buceo?

—Te lo debo, pero no los primeros días; te prometo que la semana que viene, lo haremos.

—Bueno, pero lo prometido es deuda. Mirá que no me olvido, ¿eh?

Sally en profundidad

En la combi se respiraba una atmósfera de preocupación, muy distinta a la jarana de la tarde. Varios leían el diario, otros hablaban por celular y algunos miraban por la ventanilla.

Adelante viajaba Michael, que oficiaba de acompañante de Marcelo, y atrás, en un asiento doble, Sally y Germán.

—Parece otra gente, otro clima —le susurró Sally a Germán— ¿no hay amigos aquí?

—Es verdad lo que decís del ambiente —contestó él con aire pensativo, pero locuaz— hay amigos, pero están preocupados con sus cosas; algunos son los mismos que viajaron anoche, pero son distintos.

—¿Entonces, siempre es así?

—Sí, el viaje de ida al centro representa lo que el túnel para los jugadores antes del partido. Vamos a la jungla sin saber quién saldrá herido, triunfante o vencido. Los leones andan sueltos y esperan; al principio por bienestar, después por fortuna, y siempre por más éxitos.

—¿Tú los tienes, o no?

—¿Los éxitos? Sí, algo. Pero nadie es león ni ratón en todos los actos de su vida. Hay un tiempo para cada cosa y, más tarde o más temprano, todos nos damos cuenta; la mayoría después de los cuarenta, cuando miramos el retrovisor y controlamos lo hecho... o deshecho.

—¿Y a los de anoche, qué les pasa? ¿Cambian tanto? Parecían de otro planeta, con tanta alegría.

—Es que si uno vuelve sano, lo festeja como en el rugby el tercer tiempo. Depende de cada cual; si se ha librado un buen combate, que el alcohol haga el resto.

—No hablo del alcohol; parecían auténticamente felices ayer.

—No siempre, y no todos. Hay veces que impostamos el éxito ante los amigos, para dejarlos disfrutar su propio éxito; en ocasiones, simplemente buscamos éxitos en ellos para poder festejar y soñar con los propios, que algún día llegarán Lo hice muy complicado, ¿no? En fin, por una u otra causa sólo así recuperamos algo de mismidad.

—¡Oh! ¡Mismidad! – Sally devolvió una económica sonrisa

y señaló el cielo– fe en lo que puedes tocar. Germán cree en Germán; y el resto, ¿no ocupa tu vida?

–No, sólo yo. ¿Quién más? ¿Sorprendida?

–Bueno, no sorprendida; pero siempre se debe esperar algo más de la vida. ¿O no hay más?

–¿Por ejemplo?

–Amor, pasión, felicidad, ¡o como la llames!

–¿La llamás Michael?

–¿Tú la llamas Soledad?

–No, no, con ella nunca me planteé la vida filosóficamente; digamos que era buena convivencia; pero, unos años más, y para mí también llegará el reposo. Ahí sí, pienso entrar en aguas profundas; lo que es hoy, no tengo otra alternativa que hacer la plancha.

–¿La plancha?

–Sí, quiero decir que floto, sin avances ni retrocesos... ni vuelo, ni profundidad, pero no me hundo y eso ya es bastante por hoy, quizás por mañana, pero no por siempre. ¡Floto! ¡Floto!

–OK. Hoy flotas; entonces, cuando llegue el reposo, ¿qué harás con tu vida? ¿No será tarde ya?

–Quizás. Pero cuando alcance la otra orilla podré dedicarme a una mujer con mayúsculas, y rehacer mi vida, ¿no? ¿Qué estás pensando?

–Que no eres feliz, Germán, y sólo te justificas por ello.

–No, pero hice lo posible y demasiado logré; desde que mis padres se separaron, aprendí que las personas y la vida no serían como lo deseaba para ellas y, mucho menos, como las soñaba para mí. Me llevó años aceptarlo, y unos pocos minutos comprenderlo.

—¿Eran buenos padres contigo?

—Sí, Sally, eran dos buenas personas; pero no alcanzaron a formar una buena pareja, ni una buena vida; tampoco envasaron felicidad.

—No fuiste feliz, entonces.

—Sí, lo era, pero no lo supe hasta después. La felicidad debe venirnos tan agazapada, que el que la tiene no lo sabe, y el que sabe no la tiene. Deberías escuchar aquella canción de Serrat cuando dice "hay que andar de puntillas, para no romper el hechizo". Bueno, pues eso espero: el hechizo que me haga feliz, mientras hago la plancha.

—¿Qué hay de Soledad, entonces? ¿No hay hechizo? ¿Sólo la plancha?

—Es una compañera de ruta, dispuesta a acompañarme sin nadar profundo, y supervivencia pura en cualquiera de sus demandas: económica, social, humana. Avanzamos por la vida como podemos, y nos vamos descubriendo mientras intentamos parecernos cada vez más a nosotros mismos, en un pequeño mundo.

—Sorry, ¿cuál es tu pequeño mundo?

—Por ahora, el de los negocios, que tomaron buena parte de mi vida y, a falta de otros, no es tan malo como parece, ¿y el tuyo?

Las miradas de ambos se cruzaron cuando los sorprendió la llegada a Puerto Madero. Germán quedó sin la respuesta.

Capítulo X

Peligro en el santuario

Esa noche, Germán estaba solo en la bodega, casi borracho; llevaba puesto un jogging y deambulaba; finalmente, se dejó caer sobre el sofá, girando sobre sus tres cuerpos, sin resolverse por uno.

La luz era muy tenue y no podía definir si estaba soñando, cuando una figura de mujer se acercó en silencio.

La mujer se acurrucó contra él y sus primeras caricias fueron para extender sus cabellos, acomodándolos para un mejor descanso.

Germán quedó paralizado, aún con su cuerpo de espaldas, intentando no mirar.

Era una mezcla de realidad con fantasía y no se atrevió a comprobar si el indicador de la alarma estaba activado.

Experimentaba una sensación de complicidad con esa mujer –presente o ausente– deseando que sus generosas caricias no terminaran jamás.

Simuló tanto como pudo unos torpes movimientos soñolientos y cambios de aire, hasta que la libido decidió por él, para lamentar el jogging que se interponía entre su piel y esas manos que, si existían, parecían de seda.

El roce era tan sutil, imperceptible, que había una armonía perfecta de caricias y sensaciones. Calculó un desplazamiento en busca de calor humano y de refugio, cuando sus pulsaciones se aceleraron al infinito, al punto que podía escucharlas.

Una de las manos de seda se posó lentamente sobre su cintura, envolviéndolo como una serpiente sin principio ni fin, con un embrujo parecido al encanto.

Germán fingió no sentirlo, pero el aire comenzó a faltarle, el corazón bombeaba desordenadamente y el cuerpo dejaba de responderle.

Exhaló con moderación, deseando vivamente que la mano se deslizara hacia abajo, e intensamente esperaba que también se deslizara hacia arriba.

Sin embargo, la caricia quedó inmóvil por un momento, para penetrar luego, sigilosamente, por debajo del buzo hasta el ombligo y coquetear con él.

Los vellos se iban enrulando para desatar un juego de implacable erotismo, hasta que sus partes despertaron en prolija erección.

Germán giró una vez más, dando la espalda a la recortada figura de mujer, que desaparecía susurrando en su oído con voz muy suave: nacidos el uno para el otro.

Capítulo XI

Día 4

Malas noticias

Michael y Germán estaban desayunando frente al televisor, cuando la CNN dio las noticias de Estados Unidos. Michael se mostró sobresaltado ante la tragedia de un Boeing 767, del que no se distinguían muchos restos en la pantalla.

El periodista conjeturaba que podría haber sido un accidente que tuviera algo que ver con las amenazas previas de las Milicias Blancas.

—¿Me prestas línea, Germán? –pidió Michael, muy nervioso– debo hacer un llamado urgente a la redacción, quizás deba viajar ahora mismo a cubrir esto.

—Por supuesto; si querés, arriba podés hablar en privado.

—¿Ha pasado algo? –preguntó Sally, que había escuchado voces cuando bajaba por la escalera.

—Sí –le contestó, mientras subía al primer piso dejándola intrigada– debo hablar urgente; creo que viajaré ahora mismo.

—Bajaron un avión, Sally –trató de explicarle Germán– hablan de las Milicias Blancas, o algo así; en la CNN están ampliando la información desde Nueva York; escuchá.

En el canal de noticias explicaban que habían muerto los 360 pasajeros del Boeing y demás pormenores de la tragedia.

—Quizás deba viajar yo también —dijo Sally, saliendo disparada hacia la planta alta.

Cuando entró al dormitorio donde Michael hablaba —en inglés— por teléfono, ella observó que cortaba la comunicación en forma evidente.

—¿Y bien? ¿Pasan por nosotros? ¿Preparo mis cosas?

—¡Tú te quedas, Sally! Esas son las instrucciones de Méndez —contestó Michael, que estaba preparando un bolso de viaje presurosamente.

—¿Méndez? ¿Hablabas con él?

—¿Qué creías? Le reporto, ¿no?

—¿Y qué hay de mí? ¿Por qué no viajo?

Michael, furioso, cerró la puerta, pero igualmente bajó la voz para contestarle

—Te quedas y miras al hombre ¿OK? ¡Apura tu trabajo con él! Eso dijo Méndez. ¡Que lo hagas de una vez!

—¿Qué hay de tu trabajo con ella, eh? ¿Qué has logrado hasta hoy? ¿Se lo has dicho a Méndez?

—¡Shhh! ¡Idiota! —le chistó, tomándola fuertemente de los brazos y sacudiéndola— ¡podrían escucharte! ¡Te lo montas de una vez o estás fuera de la operación! ¿OK? Méndez quiere cerrar Buenos Aires con los datos de tu hombre, ¡y los quiere ya!

—¡El muy hijo de puta! ¿Cree que es tan fácil? ¿Y si Germán

no es el hombre?

—Sólo encuentra sus contactos, ¿OK?

—¿Y si no es él?

—¡Idiota! ¡Te lo montas y averiguas!

—¡Eres tan hijo de puta como Méndez!

—Todos lo somos, ¿te crees diferente? —ironizó Michael.

—¡Vete a la mierda!

Capítulo XII

Día 5

Mezcla de talento y lamento

FRANK MÉNDEZ, Center Manager, decía el cartel tipo carpa que tenía sobre su escritorio. Era un hombre cuarentón, morocho, mexicano, suficiente, y recibió enseguida a Michael, recién llegado desde Buenos Aires.

El ambiente estaba decorado al estilo de una oficina de bienes raíces, pero operaba como una eficiente fachada de la CIA en Nueva York. Necesitaba que lo pusieran al tanto de lo ocurrido en la Argentina, y estaba ansioso de noticias.

—Habla español, ¿quieres? —sugirió Méndez— aquí pocos lo entienden y es mejor. ¿Qué tenemos hasta ahora? Michael, ¿qué hay de la chica?

—Está trabajando, Frank, pero necesitamos más tiempo —se justificó Michael.

—Tu seminario termina en veinte días y después no tienes cobertura. ¿Qué les dirás? ¡Esos argentinos no pueden ser tan astutos Michael!

—Me está costando un gran esfuerzo; parecen inocentes,

pero no lo son: se abren y se cierran con la misma facilidad.

—¡Eso ya te lo había dicho! Son pícaros y complejos a la vez, pero las buenas hembras pueden con ellos. ¿Qué hay de Sally?

—No ha logrado gran cosa todavía.

—¿Ya se lo ha montado? ¿Se lo ha cogido bien a ese Germán?

—No, aún no. A éstos se les da por la amistad y por las cosas...

—¿Me estás jodiendo? —dijo parándose ofuscado, mientras se arrimaba a Michael, como para comérselo— ¿quién se resiste a esa Sally que me trajiste? ¿Sabes cuánto nos cuesta tu chica? ¿Sabes cuánto? ¿Y ni siquiera se lo coge?

—¡El tipo es escurridizo, mierda! Su mujer es viable, pero sabe poco de los negocios del tipo. ¡No es fácil, Frank, el tipo no es fácil! Ni computadora tiene en su casa.

—¿Y las escuchas? ¿Qué me has traído?

—¡Te digo que no hay nada! El muy cretino no habla por teléfono, no tiene socios, va y viene a esa oficina vacía; estuvimos allí buscando algún dato, pero nada; si es que hay una computadora, el desgraciado la tiene tan escondida que no la pudimos localizar; dijo que en ese momento le estaban cargando un programa de aduana, pero con este argentino, ¡vaya uno a saber si es verdad! Te repito, ¡no hay nada importante a la vista!

—¿Han estado allí todo este tiempo para eso? ¿Nada? El muy perro nos mete misiles por el culo, les vende misiles a las Milicias —gritó Méndez arrojando sobre el escritorio las fotos de la tragedia del Boeing, que se desparramaron— voltean nuestros Boeing, ¿y dices que no hay nada? ¿Sabes qué hay? ¡Hay 360 cuerpos pudriéndose, mientras tu chica y tú joden con los argentinos!

—Estamos avanzando Frank, sólo necesito un tiempo más, sólo eso.

—Podrías decirme —y comenzó a rodear la silla de Michael por atrás, irónico, bajando mucho la voz, como en secreto, para regresar luego a su butaca— ¿qué puta estuviste haciendo con tu chica todo este tiempo?

—Logramos su amistad, Frank. ¡Es la única forma! ¡Es su culto nacional! Los argentinos, por amistad, se asocian, se casan, se mueren y se matan.

—No me hables de esa ciclotimia, que la conozco bien; trabajé entre ellos y te lo dije: del amor al odio, del éxito al fracaso, del cielo al infierno. Son cocoliches como los italianos y desenfadados como los españoles. ¡Son una jodida mezcla de talento y lamento!

—¡Sí, son así! —coincidió Michael— ¡Una jodida mezcla! Tienen todos los recursos. ¡Hasta ingenio! Pero los muy cretinos, ¿qué producen? Amistad; esa estúpida amistad de todos con todos; y ahí estamos, demorados por su estúpida amistad...

—No me jodas, Michael, no hay tiempo para eso; tengo presiones. Te mandé a Punta Cana para hacer amistad con ellos, ¡pero de Buenos Aires quiero los contactos, no esa estúpida amistad! ¡Dile a tu chica que lo revuelva en la cama de una vez!

—Debieras verlo, Frank; no es sólo la cama; buscan afectos y lo único superior es la familia; por lo demás, el compañero es amigo, el médico es amigo, el abogado es amigo, el verdulero es amigo, hasta el taxista en minutos es amigo, ¡se besan y abrazan como si no se fueran a ver más!

—¡Dime algo! Dime que has hecho algo más que esto, por favor —interrumpió, implorando, para luego gritar— ¿Michael?

—¿No entiendes Frank? —por primera vez levantó la voz, más nervioso, caminando hacia el amplio ventanal mientras señalaba la ciudad desde lo alto— ¡no son americanos! ¡Viven entre jodidas convulsiones y tengo que lidiar con ellas! Mira su promedio cultural, su ridículo enciclopedismo y su monumental información de toda la humanidad. ¡No son idiotas, Frank! No lo son; y ese Germán no lo es, ¡ni en la cama!

—¿Viajas al culo de la tierra para decirme que no son idiotas, o para confirmarme que los idiotas son tú y tu chica?

—¡Te lo demostraré Frank! ¡Permíteme volver y te lo demostraré!

—Déjame ver si vuelves, o mando a los técnicos —Méndez volvió a bajar el tono, mirándolo— otra cosa: a tu chica no la quiero en la Agencia. No sirve, ¿entiendes? Que vuelva a sacar fotos. Y a tu regreso, por un tiempo, también volverás a trabajar como periodista: no quiero ruidos contigo.

—De acuerdo —asintió Michael, fingiendo obediencia— a mi regreso lo haré Frank. ¿Qué hay del Boeing?

—Todavía no lo sabemos, pero es muy posible que las Milicias le hayan metido un misil por el culo. Si así fuera, ¡ese Germán estará muy jodido! ¿Crees poder con él?

—Considero que Soledad es mi último recurso para investigarlo, pues lo de Sally se complica.

En ese momento entró, sin golpear, Louis Abalmejías; un caribeño, de unos cincuenta años, más diplomático que Méndez.

Avanzó, e hizo girar la silla paralela a la de Michael para apoyar su traste sobre el respaldo. Miró primero a Méndez, y luego a Michael.

—Y bien Frank, cuéntame qué nos trajo... ¿Michael? Sí, sí lo recuerdo; tú eres el periodista, ¿no?

—Sí, trabajé contigo en Chile.

—¿Prensa?

—Sí, 73; fue mi primer trabajo para la agencia.

—¡Oh! Bien, bien. ¿Cómo has estado Michael?

—Estoy... bueno, trabajo con mi chica en Buenos Aires.

—Lo sé Michael; cuéntame, ¿qué hay de ella?

—Hemos estado hablando, Louis —intervino Méndez— ella no lo ha logrado aún y, verás... Michael quiere otra oportunidad en Buenos Aires.

—¿Arriesgas tu paga, Michael? —preguntó Abalmejías— ¿La arriesgas por ella?

—No, no se trata de ella; es que los argentinos son...

Abalmejías interrumpió secamente y continuó el discurso de Michael, mientras comenzaba a caminar alrededor de su silla, a la vez que Méndez se tiraba para atrás en su sillón, esperando el show de su Jefe y mirando a Michael con sarcasmo.

—...los mayores consumidores de monumentos del mundo; allí guardan su nostalgia, con tantos héroes nacionales que justificarían triunfos desde las guerras del Peloponeso; ensayan conflictos tipo Boca River, unitarios y federales, conservadores y socialistas, peronistas y radicales. ¡Tienen tantas ofertas políticas, que hacen de cada elección un fraude, con miles de diputados, senadores, concejales, que harían justicia al imperio romano! ¿Sigo, Michael? ¿Crees que no sé de qué hablas?

—No, Louis; es que mi hombre no parece sencillo y quizás no podamos llegar a sus contactos sino a...

—Michael, Michael —interrumpió nuevamente, pero con un fingido tono persuasivo que implicaba una amenaza— sin causa no hay efectos, ¿verdad? Si no hay contactos, quizá nuestro hombre tenga un accidente; y si algo le pasara, ya no sería tan importante, ¿verdad Michael? —y gritó— ¡Frank, te dejo trabajar! —Louis se incorporó, y golpeó con su mano sobre la espalda de Michael a modo de despedida— eres buen chico Michael, muéstramelo.

—Pienso en tu Sally, ¿qué harás con ella? —dijo Méndez con simulada preocupación, una vez que salió el caribeño.

—No lo sabrá, Frank; el tipo tendrá un accidente limpio.

—¿Ella también? —su gesto era grave.

—Sally no será problema, te lo aseguro —dijo Michael.

—Para asegurarme, quiero un técnico contigo, y la chica no lo es. Te enviaré a alguien allí; sólo dame información del tipo: ¿qué hace? ¿Pesca, vuela, bebe?

—¡La piscina Frank! —dijo Michael, más animado— ¡sé como hacerlo! Su piscina tiene energía y la puedo sabotear: lo puedo electrocutar.

—¡Alto! ¡Alto Michael! No me hablas de Sally.

—¡No lo podrá saber, Frank, no lo sabrá! Pero si me descubre, ¡te prometo que no podrá hablar más!

–¡Por Dios Michael! ¿No estarás enamorándote? Dime que no eres tan idiota.

–Frank... –lo miró de manera cómplice– me gustan los hombres, ¿recuerdas?

–OK, no estoy entre tus bolas para saberlo. ¿Cómo has hecho con la esposa? ¿Te la puedes montar?

–Puedo hacerlo Frank, puedo hacerlo con cualquiera; no será un problema montarme a Soledad hasta asegurarme su apoyo y, en caso de investigación, me será útil.

–Bien, hablemos de ello –se acomodó en el sillón, con más entusiasmo– háblame de esa piscina. ¿Hay riesgo?

–¡Sin testigos! Es su única rutina, Frank: no hay riesgo. Todas las mañanas, Germán va a las 07:00 a darse un chapuzón; sólo debo electrificar la piscina media hora antes, por si se anticipara.

–¿Entiendes de eso? ¿Cómo lo harías?

–Será fácil; torciendo el gatillo de disparo del interruptor, ya no funcionará; y conectando un cable directo al filtro, la energía tomará el agua.

–Podrían verte... ¿y Soledad?

–Faltaré al seminario un día antes y prepararé todo a la tarde; volveré mañana a Buenos Aires, para darle a Soledad sexo del bueno, ¿me crees? Repasemos completo mi plan.

Capítulo XIII

Día 6

Fuego cruzado

Soledad estaba acostada boca abajo sobre la reposera, tomando sol en el lateral de la pileta. Una toalla acunaba sus senos, que se inflaban sugestivamente, cuando Michael se acercó con su diminuto short.

—¿Con o sin crema? —le habló al oído, levantando del piso con una mano el pote de crema y con la otra el corpiño del bikini.

—¿El café? —respondió ella sin sorprenderse, apenas ajustando la toalla que cubría sus senos, simulando recato, e irónica.

—Los masajes —dijo sentándose al borde de la reposera y rozando sus muslos— te ves cansada, ¿puedo?

Abrió el pote y comenzó a untar la crema en sus propias manos, con gran delicadeza.

—Nuestro viajero ha vuelto y, encima, con masajes; bueno, no podría estar mejor. ¿Cuándo llegaste?

—Recién he llegado y ya estoy aquí; lo prometido es deuda.

—No deberías ponerme crema si vamos a bucear –dijo con más ironía, girando un cuarto sobre su cuerpo para mirarlo casi de frente– ¿o sí?

—Estoy preparando tu cuerpo –dijo Michael con su voz más sensual– si resistes, ¡podrás bucear!

Las manos de Michael –entre masaje y masaje– deslizaron la toalla que cubría los senos hasta la altura de los pezones, que apenas se insinuaban reclamando atención. Sin retirar la toalla, él se atrevió, y con el dedo pulgar y mayor enroscó suavemente el derecho como si accionara una perilla, hasta que la carne se robusteció a su alrededor.

—Es para facilitar la relajación –ensayó a modo de excusa, sin que ella pudiera contestar ni relajarse.

Soledad suspiraba extasiada y cerrando sus ojos. Michael agregó un movimiento pendular sobre el otro pezón frotándolo delicadamente con la uña, hasta transformarla en deseo.

—Relajada... relajada... eso es...

La toalla resultaba un estorbo, pero ayudaba a la puesta en escena de Michael, que comenzó a humectarla con ambas manos, desde el tobillo hasta la rodilla, en forma descuidada. Luego, acarició piel y crema hasta convertirlas en humedad, deslizándola pacientemente hasta la entrepierna.

—Veamos que frágil eres... así... así...

A cinco dedos de su pubis, aplicó una nueva dosis de crema, describiendo anillos imaginarios que resultaban fatales al rozar su mano con la vagina. Soledad sufría y disfrutaba alternativamente.

—¿Michael? –preguntó acomodando la toalla sobre los pechos y tratando de retomar el control– ¿no es mejor arriba, en mi cuarto?

–¿Tienes piscina allí? ¿Podrás bucear? –dijo, haciéndose el interesante.

–Sabés de qué te hablo –respondió haciéndose la ofendida, mientras se lo quitaba de encima– no lo pongas más difícil... los dos lo queremos hacer.

–Si prefieres, será en tu cuarto –dijo haciéndose nuevamente el interesante– por cierto, sería bueno que María saliera de compras un buen rato; estaremos mejor.

–La voy a mandar a algún lugar, pero no me hagas esperar mucho, ¿sí?

–Demórala algo más, ¿quieres? –le sugirió con picardía– mientras tanto, una ducha te quitará esa crema; yo me quedaré aquí abajo para que no sospeche y después subo... con mi amigo –agregó mirando sugestivamente su miembro.

Un rato después, Soledad –muy sensual, sin corpiño y descalza– lo estaba esperando, con una blusa de seda que apenas le cubría la bombacha haciendo juego.

Michael entró al dormitorio fingiendo desesperación, cerró la puerta y, sin hablar, la envolvió entre sus brazos.

–Será mejor que no espere y te lo diga ahora –anunció con vehemencia.

Soledad parecía francamente sorprendida, pero no disgustada, se dejaba abrazar y besar el cuello mientras lo escuchaba.

–Sueño con tenerte para siempre en mi cabaña, en las montañas.

–Supongo que es una de tus bromas –respondió incrédula, a la vez que separaba su cuerpo. ¿O hablas en serio?

–Nunca hablé más en serio –le aseguró, tomándola de los dos brazos, y con una mirada tierna– ¡eres única!

Sin dejarla respirar, los labios humedecidos de Michael rodaron desde el cuello hasta la comisura de los labios, impregnándola toda. Ella no alcanzó a abrirlos cuando él ya la había tomado desde las nalgas para frotarla contra su bulto.

Soledad no se resistía, y los botones de su blusa tampoco. Con un serpenteo de lengua Michael los liberó para desnudar los pechos, que valían el esfuerzo, recorriendo uno y otro y mordisqueando, hasta desesperarla.

Ella, con sus propias manos, dejó caer la blusa al piso, que Michael pateó mientras la desplazaba hasta arrinconarla contra la pared. Soledad cedió y se dejó levantar, abriendo las piernas para envolverlo con ellas a la altura de la cintura.

Así se deslizaron contra la pared, suavemente, hasta descender al piso enroscados, convirtiendo la alfombra en cama. Él impostaba desesperación por librarse de su short, y al fin lo logró, hasta quedar desnudo.

La penetró fuerte y brincó sobre ella desaforadamente, erizando los cuerpos arriba o abajo, indistintamente, sin dejar de lamerla un instante.

El orgasmo fue salvaje, y lo ambientaron los gemidos y más gemidos de Soledad, que no lograban distraer a Michael.

–¡Ya eres mía, totalmente mía y yo tuyo, siempre tuyo!

Soledad apenas podía respirar –todavía extasiada... sobre la alfombra– pero Michael buscaba más, y acariciaba con el dedo mayor los pechos.

—No alcanza la pasión, me quedan pocos días y estoy dispuesto a arriesgarlo todo, pero debes confiar en mí, ¡pase lo que pase!

Michael quedó de espaldas al piso, apoyando la cabeza sobre los senos de Soledad y mirando el techo.

—Tendrás que decidirte; yo ya lo hice, ¡lo pensé todo!

Soledad no alcanzó a contestar, cuando se escucharon unos pasos sobre la escalera.

Capítulo XIV

Día 7

Extraña despedida

Germán se encontraba dentro de la bodega, vestido con un short y armando bolsos. Desde el hall se acercaba María, sosteniendo el mate y el termo en sus manos.

—¿Es usted, patrón? ¿Está ahí? Le traje unos mates.

—Sí María, pasá y dame una mano con esto.

María avanzó, abrió la puerta y, cuando vio el bolso, se sorprendió tanto como Germán al ver el termo y el mate en manos de María.

—¿Desde cuándo vos me traés el mate arriba? ¿O es de despedida?

—¿Se va patrón? ¿Viaja ahora? —preguntó, disimulando su angustia.

—Sí —contestó mientras seguía embalando y desechando algunos papeles en una trituradora pequeña, de esas que convierten las hojas en tiritas insignificantes— termino esto, me pego un chapuzón y después sí, me voy unos días —pero se detuvo un instante, viendo su preocupación— ¿qué pasa María?

Te veo asustada.

–No por mí, sino por usted –contestó bajando la vista, mientras apoyaba el termo sobre la mesa; luego comenzó a acariciar el mate con las dos manos, extendiéndoselo despacio, hasta que se animó – antes del chapuzón quisiera hablarle, creo que algo grave pasa y me doy cuenta, usted cambió demasiado últimamente; ellos también y, encima, lo del arma no es bueno –completó, mirando el bolso– usted nunca lo lleva y recién, cuando le acomodé el placard, vi que no estaba su revólver.

–No te preocupes por mí, María –contestó continuando con su bolso e intentando desentenderse de ella.

–Me parece que usted va a hacer una macana, pero de las grandes –insistió María con ojos tristes y voz temblorosa, ayudándolo a cerrar el bolso– yo quisiera ayudarlo, si me dice; pero no sé cómo.

–No es tema tuyo, María, pero igual te agradezco –le parecía un poco raro ver tanta preocupación de su parte.

–Usted es buena gente patrón; muy buena gente y merece vivir mejor, le pido que piense; pero no por mi sueldo, sino por usted. Hay mujeres buenas que lo merecerían más y lo harían feliz, como a mi padre; no sea cosa que haga alguna locura.

–No es cuestión de mujeres –la interrumpió– hay temas más graves, muy graves, que necesito pensar y resolver. ¡Ni yo entiendo qué pasó! ¿Comprendés?

–¿No me quiere contar, Germán? –pidió, ya implorando– quizás yo lo pueda ayudar.

A él le extrañó que María lo llamara por su nombre, pero ya había perdido la paciencia, así que primero se desahogó y luego comenzó a desesperarse.

—Es un tema de negocios, ¿entendés? ¡Pero creéme vos, aunque sea! Mirá, vendí un papel de mierda: una factura mía, como tantas otras; pero esta vez, los hijos de puta la trucharon para vender un misil. ¡Un misil, la puta madre! ¡Un misil! ¡Es como si yo hubiera vendido un misil! ¿Entendés ahora?

—No, no entiendo... —contestó María, inexpresiva aunque consternada.

—Mirá, atrás mío va a estar toda la CIA, el FBI y cuanto policía ande por el mundo. ¿Vos me ves a mí para la tapa de los diarios? ¡Yo! ¡Que ni siquiera violo una luz roja!

—¡A lo mejor nunca se enteran!

—No, no —le contestó, desesperado— los hijos de puta que trucharon la factura me llamaron ayer, me pidieron que rompiera los documentos e hiciera desaparecer todo de mi oficina; hay problemas con ese despacho a Panamá, porque unas Milicias Blancas están complicadas con mis papeles en Estados Unidos. ¡Qué hijos de puta! —dijo, mientras se tomaba la cabeza con impotencia, para luego caer sentado en la silla mirando el piso— ¡no lo puedo creer María! ¡No lo puedo creer!

—¿Qué piensa hacer, patrón? Le pido que...

—Mirá —la interrumpió— primero, voy a limpiar el santuario de dólares; voy a gastar hasta el último peso en gente que lo merezca, como vos; tomá, ¡esto es para vos! —dijo, entregándole una funda de raqueta de tenis cargada y mostrándole el contenido– está llena de dólares. Te pido que nadie sepa nada, ¿estamos? Es un secreto que los dos vamos a guardar; por lo menos, mientras esté de viaje.

–No, patrón –dijo avergonzada– no quiero su plata... quiero que... –no se animaba a continuar, pero finalmente lo hizo, bajando la vista– yo sólo quiero que usted sea feliz, Germán.

–Si me apreciás, tomálo María; tomálo, que te lo merecés –contestó imponiéndose como patrón, pero con la extraña sensación de notar algo diferente en María– pero mandálo a tu casa; no lo guardes aquí, ¿entendés? Te puede complicar.

–¿Cree que sin esta plata que me da ahora, yo contaría algo? –repuso ofendida– ¿cree eso de mí? –preguntó con una mirada que él nunca le había visto.

–Disculpáme, no es por eso; el lunes lo vas a entender, María; lleválo a tu casa, eso te pido, ¡sacálo de acá!

–Está bien patrón, lo voy a llevar a la casa de mi padre, pero por usted; se lo guardo por usted, ¡no por mí! Pero le pido una cosa –rogó con los ojos húmedos, a punto de llorar.

–Está bien, decíme –concedió, resignado, con cariño.

–Que ese viaje que quiere hacer, lo haga a Gualeguay –fue su pedido, mirándolo con esperanza, para luego agregar, entusiasmada– ¿se acuerda de aquel rancho de mi pueblo donde fue a pescar una vez? ¿No estuvo bien ahí? ¿Se acuerda?

–Sí –contestó, evocando aquel viaje– un gran tipo, el viejo aquel; me prestó el barquito y no me lo quiso cobrar. ¿Cómo se llamaba

–Barrios, se llama Barrios –le recordó María, melancólica y con los ojos vidriosos– es un buen hombre y lo va a ayudar;

con un buen vinito se vuelve sabio, ¡de los de allá, claro! Todo el pueblo lo quiere, porque de gurises les enseñó a nadar a todos, y a querer el Gualeguay como él. Los ricos, los pobres y hasta los orilleros. Es un hombre bueno, don Barrios.

–¿Lo conocés tanto? No me lo habías dicho.

–Lo conozco muy mucho, más de lo que usted cree; y ya que va, le mandaría unas palabritas para él en un sobre; se lo escribo enseguida.

–Buena idea la tuya –replicó sin entusiasmo, mientras la miraba tomar un papel– pero no te demorés; lo voy a ver a Barrios, le entrego tu carta y por ahí le doy una mano a él también; quedáte tranquila, que le voy a dar una mano; si vos lo querés, debe ser buen hombre.

–Sí, es un buen hombre –repitió, con los ojos que se le habían iluminado– ya lo va a ver; pero le pido que lo escuche antes de hacer nada; hable con él, eso le pido.

–Está bien María, voy a hablar con él, pero de mis macanas olvidáte, que todo va a estar bien; lo que pasa, es que necesito un descanso; eso sí, no le digas nada a nadie, no hables de Gualeguay, ni de Barrios. Sólo que me fui.

–Está bien patrón –se la veía más vivaz y lo ayudaba nuevamente a empacar pequeñas cosas– pero, por favor, deje lo de la pileta para otro día, yo le voy a rezar a San Antonio para que lo cuide y no le pase nada. De la casa olvídese, yo se la miro como siempre y... bueno, de la señora creo que no tengo que decirle nada. ¡Usted sabe!

–Sí, ya sé; atendéla bien, aunque no la quieras. Y ahora meté esto en el otro bolso, junto con todas las petacas y la perinola. ¡Ah! Cargámelo en la camioneta sin que te vean, que ya son las siete y cuarto. ¿La viste a Soledad? Quiero hablar con ella.

—Ya bajó patrón —de pronto estaba nuevamente nerviosa— está abajo.

—¿Qué está haciendo abajo? ¿No es muy temprano?

—Creo que... que él la esperaba; yo que usted, ni iría; no vaya, patrón.

—Bueno; entonces mejor ayudáme con esto y salgamos por la parte de adelante, así no me ven. Decíle que, si quiere, me llame al celular en menos de una hora, porque en Zárate lo tiro al agua y en Gualeguay ya no estaré para nadie.

Capítulo XV

Día 9

La última esperanza

En las fotos se podía ver el cuerpo sin vida de Soledad, tendida al costado de la pileta. A partir de allí, en una tras otra, aparecía el cuerpo de Michael, el jardín, la pileta, el motor, y las fotos del prontuario de Germán, María y Sally, todos en sucesión.

Cada una de ellas tenía un brutal golpe de sello policial tamaño gigante: NEGOCIO, FACTURA, MISIL, MILICIAS BLANCAS, BOEING, HOMICIDIO, CULPABLE, ASESINO.

De pronto, los dedazos de Zeballos se detuvieron ante la hoja, sosteniendo el sello, que en realidad decía –en discreto tamaño– "ACCIDENTE FATAL".

Zeballos levantó la vista al advertir la presencia de Germán en su oficina, que lo miraba parado, y aún atormentado por su imaginación.

–Germán –lo saludó sin reparar que las fotos del sumario seguían a la vista– qué suerte que esté aquí, porque anoche no llegamos al día "D" y me interesa más que esa historia que me contó Sally de la CIA. ¿Pudo dormir después? ¡Menos mal que no le gustaba la cerveza! ¿No?

Vine por eso –dijo Germán, pensativo y pálido, levantando la vista por primera vez de las fotos –también estuve pensando mucho y, a pesar de la cerveza, no pude dormir; no sé hasta dónde le conté anoche, pero revisé el pasaporte y le confirmo que mi ultimo viaje a los Estados Unidos es de hace unos diez años. Fuera de eso, no tengo relación alguna con ellos, con la CIA ni con esas Milicias Blancas que mencionó Sally.

–Pero un hombre informado como usted, debería saber que los Estados Unidos no son un territorio, sino una maquinaria fenomenal de intereses políticos y comerciales, aunque para ellos resulte indistinto. Con los gringos nunca se sabe, porque siempre tienen buenos motivos para actuar, aquí o allá. Lo de las fronteras es para los giles, sin querer ofenderlo.

–Igualmente, no encuentro asociación de ningún tipo con sus intereses, con su territorio, ni con ese tema de la CIA, que no sé si en verdad se lo comentó Sally.

–Sí –comentó Zeballos, fue lo único que pudo contarme Sally antes de irse, ¡y tiene sentido! A lo mejor, por eso la rubia lo confundió a usted en alguna picardía; creo que si usted la disfrutó, yo lo entendería –y le hizo un guiño cómplice– mejor dicho, ¡lo envidiaría un poco!

–A esta altura ya se lo habría dicho, pero también con eso lo defraudo; ni siquiera hubo un intento, de ella ni mío. Es más, la relación entre nosotros estaba fría últimamente, casi ni hablábamos; así que no sé de qué picardía me habla.

–¿Por culpa de ella o de usted? –preguntó Zeballos mientras firmaba el sumario mecánicamente, casi sin mirar.

–De los dos, creo. Las cosas no andaban bien para mí y los negocios ocuparon mi tiempo; ella... que sé yo, empezó a cambiar extrañamente; pero, de ahí a ser Agente de la CIA, hay mucha distancia, ¡o fantasía! No lo puedo creer, en realidad.

–Sin embargo, a sus negocios ya los había husmeado sin permiso. Cualquiera diría que le va muy bien, sobre todo con las exportaciones al toque, ¿o me equivoco?

–Las exportaciones al toque, como usted les dice, son complicadas; pero no creo que vengan al caso, salvo que se interese por mis ganancias.

–Me intereso en todo –continuó Zeballos al terminar de firmar– porque ya le dije una vez que soy policía, y lo que usted llama negocios o ganancias, pueden aportarnos algo. Con usted, que anda nervioso, la yanqui que estaba nerviosa, Michael que tenía pasajes para levantar vuelo con su mujer, y ella que guardaba su propio auto robado, ¡se imagina que no puedo confiarme mucho! Dos ya no hablan, con usted empezamos anoche, y la paraguaya todavía no declara.

–¡Se supone que usted es el que sabe y yo soy el que contesta! Lo que no puedo, es creerme esa historia de la CIA y las Milicias Blancas. ¿Cómo llegó a esa historia, Zeballos? ¿Fue Sally, en realidad?

–No se me ponga más nervioso, García. Como verá, estaba cerrando el sumario y me anoté algunas dudas para que me ayude; apunto y disparo, sin anestesia. ¿Está bien? Estos son los papelitos en los que anoté mis dudas, que es en lo único que creo en serio, porque la historia que le conté de la CIA es de Sally, y ella no está acá para confirmársela.

–No lo puedo creer de Sally –insistió Germán– pero está bien que usted lo investigue, aunque me parece una novela disparatada. ¿Se imagina a la CIA ocupándose de mí?

–No tan disparatada, Germán –dijo el Oficial, comenzando a revisar los papelitos uno por uno, con su sello al pie– usted conocerá cómo inicia sus exportaciones, pero no sabe dónde terminan. Por ahora, es razonable que usted se haya mezclado en alguna historia rara; pero igual, cuénteme lo de la muchacha María, que también me parece una historia difícil. Cuando usted se iba, ¿dónde quedó ella?

–Estuvo conmigo en la bodega y, desde allí, los dos juntos bajamos hasta la camioneta; después me fui.

–¿Usted iba adelante o ella?

–No, ella iba delante de mí cargando algunas cosas, ¿por?

–¿Y por qué no fue a la pileta a despedirse de su mujer desde el vamos, si a esa hora se suponía que ella estaba ahí?

–No, a esa hora no. Soledad iba a la pileta después, y Michael también. Ninguno de los dos debería haber estado ahí a esa hora; eso me extrañó mucho esa mañana, y evité verlos juntos.

–¿María no podría haberlos convocado allí?

–No, no tenía confianza para eso y con los dos se hablaba poco. Por otra parte, Soledad estaba en malla, ¿o usted no lo anotó ese día? Quiere decir que fue preparada para el agua.

–Sí, lo anoté, García; relájese, que las preguntas las hago yo. ¿Qué podría haber llevado a su mujer al agua antes de lo previsto?

—No me imagino nada... no sé. La verdad es que yo estaba en otro mundo, pero supongo que se habrán puesto de acuerdo los dos. Espontáneo no fue, ¡y menos a esa hora

—Me llama la atención que un hombre tan previsor como usted, García, no tenga cámaras en el parque; o en la pileta, más precisamente. ¿No? De todas las zonas comunes de la casa es la única área en donde no se registra nada; y, justamente, es donde se produce el homicidio; curioso ¿no?

—Fue siempre así. La cámara más próxima es la de la galería. Nunca tuve interés en registrar lo que podía suceder en la pileta, porque no había nada de valor; por eso tampoco encontró alarmas ahí.

—Además de usted, ¿quién más tenía acceso al sistema de grabación de su casa?

—Nadie, o nadie que yo sepa. No hacía falta, porque el sistema graba corridos los treinta días y archiva imágenes en el disco en forma automática; al tratarse de un sistema de seguridad, lo que guarda, en realidad, es una imagen de cada cuatro cuadros; o sea, que optimiza el espacio al máximo y se vuelve a grabar en el mismo disco, mes a mes.

—Sin embargo –siguió indagando Zeballos– de lo sucedido en su casa no hay registros desde el día anterior o, al menos, de la cámara de la galería, que me interesaría ver.

—No estaba al tanto, pero puedo revisar el sistema, porque si fue tocado puedo comprobar la hora exacta y, el que subió al primer piso, debió quedar grabado al subir la escalera. Esa es la única cámara que no se ve, porque la oculté en la rejilla del aire acondicionado; en realidad, está allí para grabar el acceso al santuario... a mi bodega.

—Me interesa muchísimo esa grabación —dijo Zeballos, cada vez más pendiente de las palabras de Germán y lo que podían significar—sobre todo si no la vio el que utilizó el sistema y, por lo tanto, no tuvo oportunidad para borrarla.

—No hay manera de que pudieran hacerlo; esa cámara no entra al monitor, si no es aplicando una clave que no es conocida por nadie, salvo por mí, claro. Estoy seguro que, aunque hayan tocado el sistema, a esa no la pudieron ver; pero, ¿qué relación le ve con el accidente?

—¿Graba esa cámara, o sólo registra?

—Graba, pero en otro disco.

—¿Podemos verlo ahora mismo? —dijo sumamente ansioso Zeballos.

—Sí, no hay problema si ustedes lo tienen acá, porque desde que lo secuestraron por el accidente no lo vi más.

—¡Pare, pare! —dijo, a la vez que hojeaba el sumario hasta encontrar el recibo policial— acá figura que se le reintegró todo el equipo de CCTV a usted.

—No, no Zeballos, nunca me lo devolvieron ni yo lo reclamé, porque pensé que lo estaban usando.

—Deme un minuto, que chequeo quién lo recibió en su casa, García, déjeme ver quién firmó; esta es la diligencia de devolución —y mostrándole el papel del sumario, agregó— ¿esta no es su firma?

—No, no es mi firma, ¡imposible! No es mi firma, aunque se le parece; está copiada, o falsificada, pero no es mi firma.

–¿Está seguro? Porque le tendría que hacer una pericia caligráfica.

–Mire, haga todo lo que tenga que hacer Zeballos, ¡no es mi firma y punto! –ya estaba muy molesto y levantó un poco la voz– haga todas las pericias que quiera, porque ni ustedes saben a quién le devuelven las cosas, ¡si es que las devolvieron! ¡Ese equipo completo vale unos tres mil dólares y seguro que le vino bien a algún colega suyo!

–¡Eso ni en pedo! Ningún policía, por más torpe que sea, va a quedarse con un equipo que puede ser una prueba para el juzgado; lo pueden pedir hoy, mañana o cuando se les cante, ¡y todos saben los candombes que se arman cuando desaparece una prueba de ese tipo! Encima, detrás de todo esto está la embajada americana, ¡ni en pedo! Este no es un souvenir para un policía; este no, se lo aseguro.

–¿Y entonces? ¿Qué quiere que crea? –preguntó Germán.

–La verdad, no lo sé; pero no es un tema para un policía. Cuando hay tanto ruido con una causa, nadie jode, ¿me entiende? ¡Nadie jode! Ahora volvemos a lo del principio: usted me hace dudar de nuevo.

–¡Buenísimo Zeballos, qué increíble! –ya había levantado presión– se quedan con mi equipo, me muestra un papel de mierda firmado por no sé quién y, además de perder lo que vale el aparato, sospecha de mí, que soy el dueño. Para que se quede tranquilo, le adelanto que no lo tenía asegurado, ¡ni me importa!

–No hablo del valor material, le estoy hablando del valor de la prueba, si es que esa cámara oculta de la escalera grabó algo.

—Le expliqué que esa cámara sólo graba la escalera y el acceso a la bodega, que no tienen vinculación con el lugar del accidente.

—¡Eso cree usted! Lo más probable es que esa cámara tenga algún dato para ofrecernos; por lo menos, en relación con quiénes y cómo se movieron ese último día, ¡por ahí anda la cosa! ¿No lo ve? De afuera no entró nadie, eso es lo único seguro; así que, el que preparó el crimen, fue alguien de adentro, y alguna de las cámaras nos podría dar algún indicio.

—Zeballos, se me ocurre algo, pero puede ser muy improbable —respondió, más participativo— en mi oficina tengo instalado un sistema en red con las alarmas de mi casa y, una de mis precauciones, fue remitir la imagen de la cámara siete a mi computadora, en paralelo, sólo para poder ver lo que sucedía en tiempo real; pero le confieso que nunca verifiqué si estaba configurada para grabar.

—Y eso, para cuidar sus vinos, ¿no es mucho? A usted se le fue la mano con la informática, García. ¿O es que, además de vinos, guarda algo groso? No sea cosa que los de la CIA estuvieran en lo cierto y se le infiltraron en serio.

—¡No importa para qué Zeballos! Pero la única cámara que yo podía ver desde la oficina, era esa.

—¡Ahí cagamos, García! Porque, por el accidente, cortaron la energía, ¿se acuerda?

—Sí, pero pudo haber grabado los momentos previos, y todo el sistema de alarmas y CCTV tiene su propio UPS.

—¿Qué es eso?

—Una especie de generador con dos horas de autonomía, que permite grabar lo que sucede, aún saboteando la energía, que es lo primero que cortan los delincuentes cuando entran a robar.

—Bueno García; hasta acá llegué. Lo de la cámara en su oficina y la UPS, para mí es ciencia-ficción, así que en eso estoy en sus manos; dígame cómo podemos verificarlo.

—Si quiere, vamos hasta mi oficina y lo vemos.

—Vayamos entonces, ¿le parece?

Sobre la Avenida 202 estaba la Cherokee de Germán estacionada. Ambos se acercaron, mientras Zeballos daba un silbido y la contemplaba, antes de subir. Germán accionó el remoto de apertura y le extendió la llave.

—¿No quiere manejar usted, Zeballos? Ando sin mucho ánimo; no se ofende, ¿no?

—¡Qué me voy a ofender! Por lo menos para contárselo a los amigos, ¿vio? —Zeballos tomó el volante, encendió el motor y quedó entre sorprendido y asustado, cuando el asiento automatizado se reubicó solo, igual que los espejos— ¡alguna cagada ya me mandé! ¿Qué toqué?

—No, no pasa nada; todo está regulado automáticamente. Tiene memoria y se acomoda solo; lo único que tiene que hacer es acelerar despacio. ¡Vamos, maneje tranquilo, Carlos! ¡Encima, usted es policía, que no se diga!

—¡Por eso estoy todo cagado, viejo! ¡Si rompo algún farolito, me embargan el sueldo y el aguinaldo! Eso sí, ¿eh? Estacionar, la estaciona usted, porque esta nave es para volar, no para poner en penitencia. ¡Si yo la tuviera, dormiría adentro!

Capítulo XVI

Naufragio

La oficina de Germán tenía un gran ventanal de vidrio de pared a pared –con vista al río– en Puerto Madero, la zona más cotizada de Buenos Aires. Sin embargo, aunque estaba decorada en un estilo moderno y con paredes tapizadas en tela, no mostraba ninguna otra ostentación.

Sobre un lateral descansaban varias cajas, aún embaladas, cada una de las cuales debió revisar Germán hasta identificar su computadora y proceder a la trabajosa instalación sobre el escritorio. A su lado se sentó Zeballos, quien seguía la maniobra con interés, pero sin participar.

–¡Bueno, al fin! –exclamó Germán al ver el monitor con imagen– estas computadoras las había mandado a un service y recién ayer las reintegraron; pero, como le di licencia a mi secretaria, ni se ocupó de conectarlas. Se ve que recibirlas fue su último esfuerzo, y así las dejó.

–¿No le habrán borrado la grabación? –preguntó Zeballos.

–No, en este disco no debían tocar nada, está todo bien; vamos a la cámara siete, la de la escalera, para ver si es que ha grabado algo. Acá está; grabar, parece que grabó... ahora veamos qué.

—¡Qué me cuenta de la camarita, García! ¡La puta, que es una sorpresa! Si esto llega a andar, tengo una buena para usted, después le cuento —agregó Zeballos mientras miraba cada movimiento en la pantalla— ¿Y? —volvió a preguntar.

—¡Zeballos! Le dije que tenía que ver primero si es que esta cosa graba, y ya comprobamos que sí. ¿No puede esperar un poco? —Germán estaba retrocediendo el archivo.

—Al final me está convenciendo de que usted está afuera del negocio.

—¡La muerte de mi mujer no es un negocio, Zeballos! Y ésa es la única causa por la que estoy acá; no crea que lo disfruto como usted.

—Perdón, ¡qué animal! Lo que pasa es que a usted no lo puedo ver como el marido; pero, discúlpeme; tratamos con chorros todo el tiempo y perdemos un poco la sensibilidad.

—¡Podría conservar un poco de respeto, al menos! ¿No cree? —contestó Germán, mientras seguía operando la computadora para ubicar el día del accidente en pantalla.

—Sí, es verdad. ¿Sabe qué pasa? Uno los ve con esas 4 x 4, con esas casas, con tanta plata, y cree que no sufren nunca, o que no sienten nada; y, a lo mejor, usted sufre en serio.

—Mire, estoy sufriendo por mí, y por algunas personas más a las que perjudiqué; lo de mi mujer también me afecta, aunque no sabría decirle si es dolor, impotencia, o algo más.

—Mis disculpas, en serio. Cuando hablo del negocio me anticipo y lo descoloco; pero, si me permite, lo dije sanamente.

Aquí hay un negocio; no sé de qué, pero hay algún negocio o algún contrato. ¡Nadie moviliza tanto por un accidente! ¿Podemos ver desde el día anterior?

El monitor comenzó a mostrar el día previo, y la silueta de Germán apareciendo muy temprano, bajando la escalera con destino a la oficina, a juzgar por la hora y la indumentaria.

—¿Ese día usted vino directamente acá y se quedó en la oficina?

—Sí, vine a buscar papeles y unos valores, pero al final me quedé todo el día en la oficina.

—¿Hay algún registro de su permanencia aquí?

—¡Por supuesto! Hay cámaras en el acceso, en las cocheras, en el palier de cada piso y lo podemos ver en el subsuelo, donde están las grabaciones; por lo menos, eso supongo. ¡Pero creía que le interesaba el accidente, no yo!

—En eso estoy; pero sucede que si usted hubiera preparado la escena del crimen, debería haberse tomado un buen tiempo; sin embargo, parece que ese día hizo los deberes y tomó la sopa, lo que me tranquiliza algo más.

—¡Eso espero! Pero pude haber hecho los preparativos de noche, en todo caso, si a oportunidad se refiere.

—¡Error! Quien preparó el accidente trabajó de día, más precisamente entre las 13:00 y las 18:15 horas. Me avivé después de revisar su sistema de corte de energía, que tiene en la memoria el último corte en su casa, y fue el día anterior, ¿me entiende? Lo han producido para sabotear el disyuntor y el motor de la pileta.

—¡Ah! No me lo había comentado, Zeballos, pero debió

hacerlo, porque imaginará que en ese tema también puedo ayudarlo.

—¡Ya sé! Pero prefiero pelear con mi ignorancia un rato largo, hasta que no doy más; después pregunto, pero al final, cuando ya me doy por vencido. Mientras tanto, me hago el inteligente y sorprendo a todos; claro, ¡cuando puedo!

—Hace bien. Yo también lo intento cuando puedo; pero, ¿por qué supone que debieron cortar la energía para armar el accidente?

—Fácil, sabotearon el disyuntor. Mire: necesitaron sabotear el cableado del motor de la pileta y después aplicarlo en directo al agua para que se inicie la descarga a determinada hora; es decir, a las 07:00; y todo ese proceso nadie podía manejarlo mejor que usted, tal como dijo recién.

—Si usted sabe todo eso, ¡no hay ninguna duda de que los mataron! —contestó, creyendo la teoría de Zeballos por primera vez.

—Se lo dije desde el principio, seguro que es un homicidio, García —dijo sin inmutarse ni apartar la vista del monitor— no hay ninguna posibilidad de accidente Y eso, sin considerar la historia de Sally y la CIA; aunque sus papeles de negocios algo dicen, no todo es real.

—Si la historia de Sally fuera real, ¡yo soy el que tendría que estar muerto y no ellos!

—Sí, la historia de Sally se queda un día antes, pero nada supo del día del crimen porque, según dijo, se refugió en el Sheraton sabiendo que Michael regresaría.

—Pero, si ella no fue, ¿quién pudo matarlos? Y, ¿por qué

matarlos? ¿O el accidente les pudo haber sucedido a ellos realmente?

—Es lo que no está claro. Pero que es un homicidio, sí; que no le quepan dudas; y usted es el principal sospechoso.

—Tiene dudas, ¿no? ¿Todavía cree que los maté?

—No, la verdad es que no. Nadie se despediría de su muchacha tan inocentemente como usted lo hizo, ni haría semejantes preparativos; y, ¿la posta? Creo que usted lo hubiera hecho mejor.

—Porque usted cree lo de Sally, las Milicias Blancas y los misiles, ¿no?

—Usted se me anticipó pero, ya que está, le doy la buena noticia: el tema de sus facturas truchas se cerró en Colón, Panamá, como un contrabando de obras de arte; de los misiles, ni noticias. Sólo coincidió que las Milicias triangulaban armas desde ahí, pero no con origen Buenos Aires. Para la CIA, usted ya es un perejil más, de los tantos...

—¡Ah, Zeballos! —dijo Germán, aliviado, incorporándose de un salto— ¿y me lo dice así, al pasar? ¿Sabe lo que he sufrido con ese tema sabiendo que era inocente? ¿Por qué no me lo dijo antes?

—La verdad, dudaba en bajar todas mis cartas, hasta que me ofreció su camarita secreta y me convenció que es pícaro en los negocios, nada más.

—Sí, puede ser... pero sólo esa vez, y me arrepiento. Además le pregunto: ¿por qué mataría a mi mujer, Zeballos? ¡Ese es el tema! ¡No tenía motivos para matarla!

—Usted tenía la mejor de las causas, ¡y lo sabe! —dijo mirándolo de reojo

—Yo no mataría por celos, ni por infidelidad, créame. Estoy más allá de esos sentimientos. Más aún, creo que es estúpido matar por eso.

—Tibio, tibio, García. Usted tendría la mejor de las causas: esa mujer lo hizo infeliz, y ese mal es más grave que entregarse a otro hombre; eso es cuestión de cuerpos, lo otro es cuestión de almas; esa mujer, como usted dijo, le castró los sentimientos. Es verdad, usted ya no siente nada por nadie y por eso no la mató, ¡pero podría haberlo hecho! Sólo que alguien se le anticipó.

—Usted no tiene idea de lo que habla. ¡No tiene ni idea! Yo no mataría a nadie intencionalmente —dijo abandonando el mouse.

—Le propongo volver a la cámara siete por el momento y otro día lo discutimos; porque se me hace que, además de no saber quién es su mujer, ni quién es su mucama, tampoco sabe quién es usted.

—Acá estamos —lo interrumpió— ahí baja María.

—¿Esta es la tarde anterior, no? ¿La ropa esa que lleva, sería suya? —preguntó Zeballos mirando el monitor, que mostraba a María bajando por la escalera. con una percha y un traje.

—No, mi ropa no se entrega individual, va en tandas de a varios trajes, y el que llevaba María era uno solo.

—¡Interesante! Entonces, ¿por qué el traje era de hombre? Faltaría ver de quién era y a qué hora lo retiró.

—¿Y a dónde llegaríamos con eso?

—A lo mejor tiene relación con el hecho. Pudieron haberla

alejado a María para preparar la escena, y el que la mandó la quiso lejos, porque necesitaba el área libre.

—Eso es fácil. La tintorería hace entregas a domicilio y tendría que haberlo recibido en casa. Puedo averiguarlo o puede hacerlo usted, como quiera; pero, obviamente, el único hombre, además de mí, era Michael.

—Correcto. Pero a María no se lo pregunté por el momento. Me parece que sabe mucho más de lo que habla.

—¿Cuándo la van a dejar volver a casa? Parece mentira, pero la extraño más de lo que pensaba.

—Cuando aprenda a hablar, ¡porque mire que es jodida! ¿Eh?

El monitor mostró fugazmente la imagen de Soledad y, en segundos, apareció en bikini, jugando con la toalla en una mano y un pote en la otra. Paseó su figura ante la cámara sin reparar en nada, perdida en su mundo. Parecía cantar o tararear.

Zeballos ensayó un silencio respetuoso, y Germán contemplaba sin pestañear, pero los dos se mantenían expectantes, observando; luego, la cámara mostraba la figura de Michael subiendo por la escalera. También él pasaba saltando atléticamente los escalones, a pesar del video robotizado.

Ambos desaparecieron largo rato, y Zeballos supo contenerse, sólo miraba de modo profesional, con la vista perdida en la pantalla; pero sabía que la escena era importante.

—Cuadro por cuadro, regule al mínimo la velocidad. Más lento, más lento –pidió Zeballos.

La cara de María se agigantó hasta ocupar medio monitor,

pero los ojos no parecían los de ella... se la veía diferente; estaban como poseídos y desaparecieron en la planta alta, sólo unos minutos después que Soledad y Michael.

—Lo que viene déjemelo a mí —le pidió Zeballos repentinamente— ¿por qué no se hace un cafecito?

—Espere, Zeballos, espere un poco. No me acostumbro a sus reacciones, por más sensibilidad perdida con los chorros que diga tener. En todo caso podemos recordar aquello de la educación, ¿no?

La cara de Germán —que seguía mirando el monitor— se transformó ante la aparición de Michael, corriendo semidesnudo desde la habitación matrimonial hacia la suya, apenas tomado por la cámara. Detrás de él se veía a María, que bajaba la escalera con cara desencajada.

—Le dije, García, déjeme a mí, déjeme a mí —repitió apoyando su mano derecha sobre el hombro izquierdo de Germán— a mí no me duele, ya estoy acostumbrado a estas cosas.

—¿Qué, su mujer le hace los cuernos seguido? —le contestó con malicia y los ojos llenos de furia, aún mirando el monitor.

—No me refería a eso; pero, si prefiere pensarlo, es posible, ¡no hay garantía con las mujeres, ni con los hombres! Mejor dicho, no hay garantías para nadie.

—No se esfuerce en consolarme Zeballos, no vale la pena.

—Mire, lo ideal sería que cada ser humano armara sus tres tiempos; uno familiar, para los afectos; otro social, para divertirse; y otro brutal para el placer; o sea, para disfrutar el sexo a lo bruto.

—¡Qué original lo suyo! Pensé que era un hombre íntegro

cuando me habló de su mujer, los cachorros, el 1500 celestito y toda esa historia.

–Y no le cambio una coma, García. Esa es la felicidad doméstica, porque la otra no la conozco; pero eso no quiere decir que no la desee, ¡sólo que no la conozco!

–¡Su mujer pensará lo mismo! –dijo con la mirada ausente, sin sacarla del monitor.

–Debe ser... debe ser así, y no la culpo. Todos nos casamos pensando en una única mujer para los tres tiempos, y ellas pensarán lo mismo de su hombre.

–¿Y qué le impide ser fiel, si tiene una buena mujer?

–Que el primer tiempo nos afana la vida y nos quedamos mancos en los otros dos, porque engordan, se ponen fules, no se arreglan y después, en la cama, sólo marcan tarjeta.

–Ella dirá lo mismo de usted.

–¡Y, sí! ¿Qué duda tiene? Por eso tenemos los hijos y la familia, que es la excusa que usamos para volver a casa conformes, pero no felices ¿vio?

–Lo suyo es medio pobre, Zeballos, es una resignación bastante triste.

–Bueno, que yo sepa, no hay otra cosa en la vida que la resignación. Madurar, para mí, es sinónimo de resignarse, pero convencido.

–Digamos, entonces, que es un frustrado asumido.

–Sí, sí, cuando uno es joven se frustra con bronca, con soberbia; de maduros nos frustramos igual, pero mansos... tranquilos, como dice por ahí, creo que Piero, ¿no?

—Pero usted se frustró porque quería —dijo Germán, deteniendo la grabación y girando su butaca para mirarlo de frente— ¿no hizo siempre lo que quería? ¿O tampoco quería ser policía?

—Sí, pero no pobre. Ser policía es mi causa, pero ser pobre es un efecto, digamos... no deseado.

—Bueno, ¡ser policía y ser pobre tampoco son sinónimos! Conozco a muchos que se hicieron ricos.

—Sí, yo también los conozco, por supuesto, pero yo hablo de ser policía; para mí, ser policía es sinónimo de honestidad, y ahí aparece la pobreza de mis ochocientos mensuales.

—Usted condena a la pobreza, sin más remedio, a un policía capaz, inteligente o talentoso.

—Mire, nadie se hace millonario por las virtudes que tiene, sino por las que le faltan.

—Y a usted le sobran virtudes y causas nobles, por lo que veo.

—¡No tanto! Son pocas, pero las administro —continuó Zeballos— lo mismo con mi mujer; tener hijos era una buena causa, pero después se vuelven madres de tiempo completo y ese es otro efecto no deseado. Ser decente es una buena causa, pero no tener nunca un mango es otro efecto no deseado. Como puede ver, hay causas buenas con efectos muy malos, ¡y todos no deseados!

—¿Lo dice por lo que vio? Mi mujer gozando es una buena causa para Michael; pero, ¡se imagina que no para mí!

—No; yo me refería a ella, no a Michael. Su difunta mujer buscó el goce como causa, no como efecto. Nadie lo haría para alguien que no sea uno, ¿me entiende? Quiero decir que sólo encontró un poco de placer con el tipo; no la condene, porque al fin y al cabo era un ser humano, como todos.

—¿Pensaría lo mismo de la suya?

—Si estuviera muerta —pensó y lo miró con tristeza— sí.

Zeballos tomó aire, suspirando, para volver a sentarse al lado de Germán, palmeándolo.

—¡A trabajar, García, vamos a trabajar! Ya tenemos material para empezar a armar este rompecabezas. Hay que ver ahora lo que sigue, sobre todo con María.

—Acá la tiene de nuevo —dijo Germán retomando el control de la grabación— ahí está María subiendo nuevamente.

—¡Movediza la muchacha! Pero se ve que ahora se dedica a sus quehaceres. Hay que seguir mirando hasta el momento del crimen; algo va a salir.

—Sí, ahora sí. Pero otra vez no entiendo la relación con María.

—María me parece que es más despierta de lo que pensamos, y nos va a dar una sorpresa. A estos los agarró en falta, pero no fue espontáneo; ella subió presintiendo algo, y lo encontró. Veamos en cámara rápida qué hace con esto; avance hasta que aparezca de nuevo María.

Un buen rato después, estaban más desalineados, y Zeballos casi dormido, cuando Germán giró la cabeza para mirarlo.

—¿Está despierto todavía? —le preguntó— estamos llegando a las siete de la mañana, y acá sube María, con el mate y el termo.

—Sí, ya veo; a nosotros también nos vendría bien un café, ¡en serio!

—Bueno Zeballos, María baja.

El monitor parecía robotizar a María bajando la escalera. Detrás, como siguiéndola a distancia, aparecía Soledad, en malla. Zeballos miró, desperezándose, y acercó más su butaca.

La pantalla durmió unos minutos, para retomar con la imagen de Germán y María bajando por la escalera hacia planta baja, cada uno transportando bolsos.

—¡Espere! ¡Espere un cachito! ¡Páselo de vuelta!

Germán volvió sobre la grabación, que mostraba cuadro por cuadro a María con él.

—¿De dónde salió María? ¿No estaba en planta baja? ¿Cuándo subió de nuevo?

—Sí, había bajado antes que Soledad. Pero... ¡si María estaba conmigo en la bodega! Le entregué la plata, hablamos del viejo del balneario... ¡no entiendo!

—Bueno, ¡yo menos! O usted no estaba con María, o María no bajó nunca. Volvamos a la imagen de cuando baja.

Una vez más se vio la imagen de María, bajando delante de Soledad.

Zeballos se paró de golpe, miró a Germán sin piedad y se acomodó burdamente la pistola.

—¡Bueno, empecemos por el principio García! ¿Qué carajo es todo esto de María, la bodega y la reputa madre que lo parió? ¿Me está tomando de boludo y encima me lo muestra por TV?

—¡La verdad es que no entiendo nada! ¡María estaba conmigo, arriba!

—¡Arriba un carajo! ¡Bajó con su mujer y los mató a los dos! Mirá, te voy a acostar García, te voy a acostar, ¿me entendés? Te mando en cana por pícaro, ¡porque conmigo no se jode!

—¡No estoy jodiendo, carajo! ¡No estoy jodiendo! —gritó, desesperado.

Zeballos lo tomó violentamente del cuello, casi hasta ahogarlo.

—¡Esta me la pagás! Si hoy no te puedo incomunicar, va a ser mañana, ¡pero te mando hasta las bolas, con camarita y todo!

—¡No sea animal Zeballos! ¡Me está amenazando porque María no aparece subiendo la escalera! ¡No sé qué pasó! ¡No sé! ¡Haga lo que quiera, porque ya estoy harto de sus amenazas!

—¿Sabés qué pasó? Que María amasijó a tu mujer y al gringo, y por eso le garpaste. ¡Eso pasó! Voy a hacer lo que corresponde; pedir al Juzgado la reapertura de la causa con tu captura, ¡y te voy a buscar hasta la concha de tu hermana! Dame unas horas y me vas a conocer, ¡pero con la ley en la mano, hijo de puta!

Con un portazo, Zeballos se retiró. Germán cayó sentado en la silla, y con su frente empezó a golpear contra el escritorio una y otra vez, hasta lastimarse y sangrar.

—¡Basta, basta, basta!

Capítulo XVII

Día 10

Última voluntad

El rancho, en un rincón de Gualeguay y a orillas del río, estaba a media luz; tenía un comedor –con estantes ordinarios llenos de libros– una mesa, cuatro sillas, una mesada en la cocina –a garrafa y con una bacha antigua– un armario de dos hojas con una linterna arriba y, en un rincón, un baúl grande, cerrado. Sobre una pared, un par de fotos de Barrios que lo mostraban joven, nadando, y en otras, ya mayor, timoneando su barco sobre el río; unas puertas de madera común, daban a las dos piezas que completaban la humilde casita.

Se escuchaba la voz grave y sentida del hombre, que recitaba punteando su guitarra.

Mi país es como un hombre
que tiene grandes las piernas,
grandes los pies y las manos,
y pequeña la cabeza.

Bajo sus pies todavía
están calientes las huellas
de los viejos habitantes,
de boleadoras y flechas.
Choca este soplo que sube
por sus pies, desde la tierra,
con el mosaico europeo
que en los grandes ojos lleva.

Sorda esta lucha por dentro
le esta restando las fuerzas,
por eso sus ojos miran
todavía con pereza.

Pero tras ellos, velados,
rasguña la inteligencia
y ya se le agranda el cráneo
pujando de adentro afuera.

Mira que tiene en la boca
una sonrisa traviesa
y abarca de un golpe de ojo
un pedazo de la América.

Ponle muy bien el oído,
golpeando están sus arterias,
¡ay si algún día le crece
como los pies la cabeza!

Era un morocho grandote, de unos setenta años, un poco panzón, cabello largo plateado y barba, bombacha de campo y camisa simple.

Cuando terminó el recitado, acostó con cuidado la guitarra sobre la cama, para ir al comedor y servirse un vaso de vino.

Al escuchar el movimiento del colchón en la otra pieza, cansinamente fue hacia allí y apoyó una mano sobre el marco de la puerta.

La luz estaba apagada, pero la que se proyectaba desde el comedor le permitía ver. Sobre la cama estaba Germán, con la misma ropa que vestía ante Zeballos y la cara magullada. Se estaba quitando un trapo blanco mojado de la frente –con alguna mancha de sangre– y su cara era una mueca de dolor.

Abrió los ojos despacio, porque le molestaba mucho la luz –aunque era mínima– y miró al viejo Barrios, que lo observaba desde la entrada de la pieza, sin entender qué pasaba.

–¡Parece mejor de la mama, mi amigo! –dijo Barrios, con una tonada entrerriana, dulce y pausada.

–No, no estoy bien. ¿Cuánto hace que estoy acá? –quiso saber Germán.

–¡Que no anda bien, no sé cuánto hace! ¡Por ahí es así de fábrica, nomás! Pero acá lleva una noche –contestó irónicamente, acercando una silla a la cama para sentarse.

—¿Sabe por qué estoy acá don...? —preguntó, mientras trataba de incorporarse en la cama.

—Barrios; don Barrios.

—Don Barrios, ¿sabe por qué estoy acá?

—El pedo es suyo, la duda es suya, ¡el rancho es mío! —fue la respuesta, mientras se levantaba para sacarle a Germán el trapo de la mano y llevarlo a la cocina.

—Por eso vine, don Barrios, por el rancho. ¡Vine a comprárselo! —ofertó, mientras levantaba la jarra del piso para tomar agua.

—Creí que se le había pasado, ¡pero usted se ha chupao con nafta super, mi amigo! —dijo mirándolo extrañado desde la pileta de la cocina.

—¡Le hablo en serio! Pasaron cosas muy graves en mi vida y como la plata no sirvió para ser feliz, quiero morir aquí, en medio de la pobreza. Eso sí, quiero que a usted le quede buen dinero, por eso le digo que quiero comprarle el rancho; y a María le voy a dejar todo lo que tengo. Tengo su plata en...

—¡Ya sé! ¡La plata la debe tener en el mate, o en el culo! Porque acá nadie habló de vender nada —lo interrumpió, a la vez que escurría el trapo, antes de servirse un vino.

Germán se acercó como pudo hasta la pileta de la cocina para mojarse la cabeza, que sacó salpicando agua.

—Mire, don Barrios; traje mucha plata, sólo para comprar el rancho y hacer lo que tengo que hacer.

El viejo saboreó dos veces el tinto, sin mirar a ningún sitio en especial, para despúes recitarle despacito.

—No venga a tasar mi rancho

con ojos de forastero,

que precio no es lo que vale,

sino cuánto yo lo quiero.

—Ya sé que lo quiere mucho; sólo necesito saber cuánto es mucho para usted, y le pago —insistió, apoyado sobre la mesada con su cabeza aún chorreando agua— ¡hágame esa gauchada! Por una vez, sólo una vez en mi vida, que la plata sirva para algo bueno.

—¡Usted no está bien! ¡Mire que andar con un chumbo! Ya me lo decía anoche: en pedo y armado, es cosa de un tarado.

—Lo del revólver y el alcohol es un tema personal —dijo, secándose con un repasador y mirando en detalle a su alrededor— prefiero que resolvamos lo del rancho. ¡Se va a sorprender, le hablo de mucha plata, toda la que no vio en su vida, por este rancho!

—Medio se está abusando de mi pacencia que está siendo poca, sobre todo desde que me vine viejo —contestó, sentándose en una silla del comedor, pero sin dejar el vino— antes, todo Gualeguay me decía Don, que viene "de origen noble"; ahora, me dicen el viejo Barrios, a secas. Como le contaba, ando administrando vejez, tranquilo, ¡muuuuy tranquilo! Hasta que un porteño rechupao me voltea el alambrao, vomita en el yuyerío y mete la chata en mi patio que, aunque humilde, tiene su encanto. ¡Tuvo suerte! Si el sauce no lo traba, su chata iba derechito al río, pero ya está bien. Está bien con la suerte que tuvo y no debiera sobrecargarla con tanta pavada.

—La suerte la tiene usted delante, Don Barrios —contestó Germán desplomándose en una silla— ¡vengo a llenarlo de plata, porque yo ya no la necesito!

—¿A la suerte o la plata?

—A ninguna de las dos, créame. ¡Ninguna de las dos!

—¡Puta, que encima es soberbio, como buen porteño! ¿Quién le ha dicho que puede vivir sin suerte? ¡El vinazo debe haber sido! Pero ni así, ni así, ¡porque tener un vinito es tener suerte!

—También le traje vino del bueno; las botellas están atrás de la camioneta, y son suyas.

—¿Y de ande sacó que me gusta el vino bueno? ¡Si nunca conocí uno malo! Pero, en fin, cuénteme qué le anda pasando, niquesea.

—Todo lo que me pasa es malo, exceptuando a María, que trabaja conmigo y es de acá, ¡usted la conoce! Estoy aquí por pedido de ella. Una vez me recomendó venir a pescar, ¿se acuerda? Aquella vez llegué a su casa para alquilarle el barco por unos días y usted no me cobró ni un peso; también por eso volví ahora, ¡para retribuirle!

—¿Dejándome sin rancho? ¡Jodido pa´ retribuir el porteño!

—No, no crea. Quiero que le quede a usted la plata que traje; yo me voy, ¡y quiero que le quede a usted!

—Habla como si se fuera, ¡pero yo lo veo y está! —respondió mirando primero a los costados y luego directamente a Germán— igual, yo no funciono a plata; así que del rancho, ¡olvídese! ¡Ni pido ni doy!

—Para mí es una promesa, un último desafío, ¡pero lo quiero cumplir acá!

Ya muy impaciente, recargó el vaso de vino en la cocina y volvió a sentarse, tomando de a sorbos, mientras miraba la damajuana sobre la mesada.

–Hay años en que no ando con ganas de pelear y, cuando me agarran, espero hasta que se me pasen. Así que, pa´ que se sosiegue un rato, le voy a decir algo de Campoamor. Escuche a Diógenes sin hablar, ¡si es que puede!

Uno altivo, otro sin ley,
así dos hablando están:
Yo soy Alejandro, el Rey.
Y yo Diógenes, el can.

Vengo a hacerte más honrada
tu vida de caracol.
¿Qué quieres de mí?
Yo, nada; que no me quites el sol.

Mi poder es asombroso.
Pero a mí nada me asombra.
Yo puedo hacerte dichoso
Lo sé, no haciéndome sombra.

Tendrás riqueza sin tasa,

un palacio y un dosel.
¿Y para qué quiero casa,
más grande que este tonel?

Mantos reales gastarás,
de oro y seda. ¡Nada, nada!
¿No ves que me abriga más
esta capa remendada?

Ricos manjares devoro.
Yo con pan duro me allano.
Bebo el chipre en copa de oro.
Yo bebo el agua en las manos.

Mandaré cuanto tú mandes.
Vanidad de cosas vanas.
¿Y a unas miserias tan grandes
las llamas dichas humanas?

Mi poder a cuantos gimen,
va con gracia a socorrer.
La gloria, capa del crimen;
crimen sin capa, poder.

Toda la tierra iracunda,

tengo postrada ante mí.
¿Y eres el dueño del mundo,
no siendo dueño de ti ?

Yo sé que del orbe dueño
seré del mundo dichoso.
Yo sé que tu último sueño,
será tu primer reposo.

Yo impongo a mi arbitrio leyes.
¿Tanto de injusto blasonas?
Llevo vencidos cien reyes.
¡Buen bandido de coronas!

Vivir podré aborrecido,
mas no moriré olvidado.
Viviré desconocido,
¡mas nunca moriré odiado!

Adiós, pues romper no puedo,
de tu cinismo el crisol.
Adiós, cuán dichoso quedo,
pues no me quitas el sol.

Y al partir con mutuo agravio,

uno altivo, otro implacable,

¡miserable! dice el sabio,

y el rey dice... ¡miserable!

—Gracias, don Barrios —le dijo, un poco más despierto, cuando finalizó— es una hermosa poesía, pero me mira mal y no es para mí. ¡No soy un miserable!

—Todos somos miserables en algún sentido, y usted también. ¡Guarde su plata, amigo! Usted viva con sus miserias, que yo me arreglo con las mías.

Germán se levantó y miró el rancho como si ya fuera propio.

—En ese caso, va a tener que aguantarme, porque mis miserias se terminan aquí; con o sin su rancho, don Barrios, ¡pero se terminan aquí!

—¡Vamos a ver, dijo un ciego! ¡Vamos a ver! —y se fue hacia su pieza con un gesto aireado.

—¡Espere, Barrios, tengo una carta de María! ¿Quiere verla?

—Ya la leí —respondió desde la pieza, mientras se desvestía— cuando a usted me lo encontré mamao en el pasto, tenía el chumbo en una mano y el papel en la otra. Así que le tuve que andar escondiendo las dos cosas. Ahí me habla la María de usted, ¡pero no me dice nada de que estaba tan loco!

—¿Por qué le escribió en guaraní, si es entrerriana?

—Así que, además de traerla, ¡quiso leerla! ¡Curioso el mozo! —y apagó la luz.

—Tiene razón, por curiosidad ¿qué le dice?

—Primero, que María es paraguayita, pero adoptada por Gualeguay; segundo, que hay que dormir de una buena vez, por más loco que esté; hasta mañana, ¡si Dios quiere! —se escuchó un bostezo y el ruido del colchón al acostarse.

—Hasta mañana, don Barrios. ¿Podrá devolverme el arma? Así duermo más tranquilo.

Se escuchó el mismo ruido desde la cama, pero esta vez al levantarse Barrios para encerrarse de un portazo en su pieza, protestando —¡en mi pobreza mando yo, qué joder!

Germán dejó pasar unos segundos, miró a su alrededor y tomó la linterna para poder ver algo antes de apagar la luz, decidido a encontrar el revólver. Empezó por revisar el armario, los estantes con libros y los cajones de la cocina, hasta dar con el baúl.

Cuando lo abrió, estaba repleto; apoyó la linterna adentro y revisó todo.

Había fotos de Barrios con su esposa —una mujer grande y sonriente, con aire de matrona— y dos pequeñas morochitas casi idénticas, en un papel amarillento. ¡Parecían gemelas!

Encontró otras más claras con las niñas ya crecidas, ¡y eran de María! ¡Las dos eran María!

Las miró nuevamente, extrañado, apuntando directo con la linterna y removió más objetos con la otra, buscando más fotos: en el fondo del baúl, encontró el arma.

De pronto escuchó el ruido de un auto que se detenía; Germán levantó la vista, apagó la linterna, y tomó el revólver para volver a la pieza a tientas.

Entró en penumbras y se tiró de espaldas en la cama, cayendo como un muerto; quedó inmóvil unos minutos mirando el techo, con el revólver en la mano.

Empezó a recordar escenas que lo atormentaban, donde aparecía —como una pesadilla— María bajando delante de Soledad; luego, María ofreciéndole mate en la bodega, María diciéndole que su mujer estaba abajo, María descubriendo a su mujer con Michael y, sobre cada imagen, la voz amplificada de Zeballos repitiendo una y otra vez en su mente: María es más despierta de lo que pensamos; María nos va a dar una sorpresa. María sabe mucho más de lo que habla y, por último, ¡María, conmigo no va a joder mucho!

—¡Y fue María, la puta madre! —se escuchó diciendo con voz entrecortada y levantando la vista al techo.

Germán levantó el revólver, llevándose el caño a la boca, temblando y entre lágrimas, dispuesto a disparar.

De la nada, en medio del silencio, sintió la mano de una mujer que lo tomó suavemente y giró el arma apuntándose a sí misma.

Al pie de la cama, descansaba la funda de raqueta cargada de dólares que Germán le había regalado.

—Nacimos el uno para el otro —dijo María con un ligero sollozo, apoyando la cabeza en el pecho de Germán— nacimos el uno para el otro, y así debemos morir.

—¿Por qué María? —sólo atinó a preguntar, desconsolado, sin soltar el arma con la que ella aún se apuntaba — ¿Por qué?

—¡Por amor! ¡Sólo por amor! —contestó acariciándole los cabellos con ternura, recordándole aquel sueño en la bodega— yo escuché que te iban a electrocutar en la pileta a las siete;

por eso te llevé el mate: para demorarte arriba, mientras mi hermana los empujaba al agua... abajo.

–¡Maria, por Dios, es un crimen! ¡Es un crimen! –dijo Germán, mordiéndose los labios y cerrando los ojos con impotencia– ¿qué vamos a hacer ahora?

–Vivir o morir; juntos, por amor.

–¿Cómo María, cómo viviríamos? ¡Si ya nos deben estar buscando! Zeballos está seguro que somos cómplices y...

–A Zeballos le confesé todo, a cambio de que me trajera hasta acá –lo interrumpió María– y mientras me traía, me explicó que fue legítima defensa y me perdonaba, me dio esto para vos, dijo que con este papelito le entenderías.

Germán tomó el papel con la mano libre, temblando. Cerró los ojos luego de leerlo y lloró con angustia, mientras dejaba caer el arma sobre el piso para abrazar con ambos brazos a María.

Entre su espalda y la mano de Germán, quedó el arrugado papel que decía:

"Salva tu alma"
Principal Zeballos, Torcuato – Tigre Segunda

INDICE

www.ingramcontent.com/pod-product-compliance
Lightning Source LLC
Chambersburg PA
CBHW051959170626
46808CB00007B/2694

* 9 7 8 9 8 7 1 7 9 1 1 0 1 *